Katharina Grabner-Hayden

Drei LEBEN

Frau Böh[illegible],

mit lieben Grüßen!

K. Grabner-Hayden

[illegible], Jänner 2010

Katharina Grabner-Hayden

Drei
LEBEN

Franz-Sales-Verlag

Zur Autorin

Katharina Grabner-Hayden geboren 1964 in Wien, studierte Sozial- und Wirtschaftswissenschaften. Sie ist verheiratet und hat vier Kinder. Seit 1998 schreibt sie regelmäßig als Autorin in der salesianischen Zeitschrift LICHT. Im Franz Sales Verlag erschien 2005 ihr Roman „Löschen“.

Bibliografische Information Die Deutsche Bibliothek

Die Deutsche Bibliothek verzeichnet diese Publikation in der Deutschen Nationalbibliografie; detaillierte bibliografische Daten sind im Internet über http://dnb.ddb.de abrufbar.

ISBN 978-3-7721-0299-8

1. Auflage 2009

www.franz-sales-verlag.de

Titel- und Innengrafiken: Hannah Schneider (5 Jahre)

Gesamtherstellung: Schnaufer Druck GmbH,

Tauberbischofsheim – www.schnaufer-druck.de

für Moritz

Ein Wort zuvor …

… über ein Buch, das ich so nicht schreiben wollte.

Ich wollte eigentlich über meine Erlebnisse und Erfahrungen als Mutter eines zu früh geborenen Kindes schreiben. Über die Wochen und Monate des Bangens, des Haderns, der Wut über die Ignoranz und Gleichgültigkeit der Menschen, von der Brutalität intensivmedizinischer Versorgung, von der Verzweiflung über ein Leben, das ich mir anders vorgestellt hatte.

Nun ist daraus ein Buch geworden, das sich mit der Frage der Normalität des Menschen in einer Phase des Lebens auseinandersetzt, in der scheinbar nichts der Norm entspricht, ein Buch über Akzeptanz und Gleichmut, über liebevolle Begleiter, über die Liebe, die außergewöhnlich ist.

Vielleicht ist es auch die Erkenntnis, dass wir kein „Münchhausen" sein müssen, der sich mit eigener Kraft aus dem Sumpf herausziehen muss, die diesem Buch die Grundlage bot.

Wir sind in den unterschiedlichsten Stationen unseres Lebens begleitet. Von Menschen, die uns beistehen, die uns Kraft geben und die uns neue Wege zeigen.

Dieses Buch erhebt keinen Anspruch auf therapeutische Lösungen eines speziellen Problems, es soll der Leserin und dem Leser einen anderen Zugang zu sich selbst ermöglichen. Denn Leid und Schmerz einmal angenommen, können zu neuem Denken, zu neuem Leben in Freiheit führen.

Mein größter Dank gehört meinem Mann und meinen Kindern, sie haben mich zu diesem Buch inspiriert und in jeder Phase unterstützt.

Ich widme dieses Buch all jenen, die ein *anderes Leben* leben wollen und auch müssen.
Und meinem lieben Begleiter.

„… Ihr seht also, wie hoch Ihr
den Beistand und die Fürsorge
eurer sichtbaren Schutzengel
schätzen sollt."
Franz von Sales

Katharina Grabner-Hayden

Oktober 2009

1

Wer ist da?

Ich.

Wer ist ich?

Kannst du mich sehen?

Nein, aber ich kann dich fühlen.

Ich stehe schon die ganze Zeit da, neben dir. Du bist aber erst jetzt aufgewacht.

Warum?

Weil alle sagen, dass es dir schlecht geht. Geht es dir schlecht?

Nein, aber ich fühle mich alleine.

Deswegen stehe ich ja neben dir.

Wer bist du?

Ich bin François.

Komischer Name.

Warum komischer Name? Du hast ja auch einen sonderbaren.

Was?

Du hast auch einen Namen, sogar einen sehr lustigen. Du heißt Momi.

Wie, was? Was bedeutet das?

Alle nennen dich hier Momi, eigentlich heißt du ja anders, nämlich Moritz Maria, aber weil sie dich alle so lieb haben, nennen sie dich einfach Momi.

Und warum heiße ich Moritz Maria?

So ganz genau weiß ich das auch nicht, aber du kannst ja später einmal deine Eltern fragen, die können dir das bestimmt erklären.

Stille.

Du, komischer François, woher kommst du?
Ich bin nicht von hier, ich komme von weit her.
Woher?
Aus Frankreich.
Frankreich?
Ein wunderbares Land. Gutes Essen, gute Weine, freundliche Leute.
Und warum bist du dann nicht dort, wenn's so schön ist?
Weil ich bei dir sein will.
Warum gerade bei mir?
Du hast mich gerufen.
Ich? Ich kann dich ja gar nicht rufen, ich habe dieses ekelhafte Ding im Mund. Ich kann nicht einmal weinen, kann nicht schreien, es hindert mich bei jeder Bewegung.
Ich weiß, ich sehe es.
Kannst du das nicht wegmachen?
Leider nicht, du musst erst leben.
Lebe ich denn nicht?
Nein, noch nicht so wirklich. Die Maschinen machen das für dich. Alleine könntest du noch nicht atmen.
Das verstehe ich nicht, wie konnte ich dich rufen, wenn ich nichts machen kann?

Du machst es die ganze Zeit, wir machen das mit den Gedanken.
Dann lebe ich ja doch.
Nein und ja, du willst noch nicht.
Nein, ich kann nicht.

Stille.

Komm näher zu mir, ich kann dich nicht hören. Die Maschinen sind so laut. Da geht dauernd ein Schlag durch meine Brust und es tut so weh, ständig piepst es neben mir und das ist schrecklich. Wo bist du?
Spürst du mich jetzt besser? Ich liege nun neben dir.
Hörst du es nicht? Dieses Surren und Schlagen, diese schrecklichen Geräusche, dieses Piepsen?
Das ist nur die Beatmungsmaschine und der Sauerstoff, der in deine Lungen gedrückt wird. Die anderen Maschinen sind zu deiner Sicherheit da, sie überwachen dein Herz, deinen Blutdruck, die Sauerstoffsättigung und vieles mehr.
Das verstehe ich nicht. Warum das Ganze, wenn ich doch noch gar nicht lebe? Kann man das denn nicht alles alleine? Erkläre mir das!
Das alles dient deiner Sicherheit und deinem Leben.
Was heißt das LEBEN?
Stört es dich, wenn ich dich in deinem kleinen Gefängnis ein wenig auf die Seite rutsche? Ich passe da ja kaum hinein. Aber liegend betrachtet ist es bei dir gar nicht so ungemütlich. Sehr warm ist es hier drinnen und feucht. Hörst du die Musik im Hintergrund?

Welche Musik? Ich höre nur die Geräte.
Da schon wieder! Denke dir einfach die schrecklichen Geräusche weg und lausche diesen herrlichen Klängen. Es ist Bach.
Bach?
Ja, Johann Sebastian Bach. Ein großer Komponist. Er schrieb die schönste Musik. Deine Mutter will das so. Sie kann das auch, deine Gedanken spüren, nicht so gut wie ich natürlich, aber sie bemüht sich sehr. Sie hat dir vor einiger Zeit diese kleinen Lautsprecherboxen in den Inkubator geben lassen, damit du die Geräusche, die dir Angst machen, nicht mehr hörst. Da hat es viele Schwierigkeiten gegeben, weil es unüblich ist, wenn man so etwas tut. Viele denken sich ja immer noch, dass ihr Babys wenig hört und spürt und daher weniger braucht. Deine Mutter weiß aber, dass es nicht so ist. Ich unterstütze sie und flüstere ihr manches Mal auch deine Gedanken in ihre Ohren.
Woher kennst du meine Gedanken?
Ich spüre sie einfach.
Es ist angenehm, mit dir da zu liegen. Ich fühle mich oft alleine. Das tut eigentlich am meisten weh. Aber wenn ich noch gar nicht richtig lebe, wie kann es mir dann wehtun?
Weil du ein Mensch bist.
Dann will ich aber keiner sein.
Spürst du mich?
Ja.
Ist doch angenehm und schön, oder?
Ja.
Hörst du jetzt die herrliche Musik?

Ja.
Ist doch wunderbar, oder?
Ja, schon.
Siehst du, da gibt es so schöne und wunderbare Dinge, die du alle noch nicht kennst, Dinge, die schön sind, und Dinge, die wehtun, und das alles nennt man LEBEN.
Ich kenne nur Dinge, die wehtun.
Nicht ganz, du kennst jetzt schon mich und diese herrliche Musik.
Und den Finger meiner Mutter. Warum eigentlich nur den Finger? Warum darf ich nicht zu ihr?
Damit du geschützt bist und in Sicherheit. Du bist sehr krank. Eben noch nicht da in dieser Welt. Du bist noch so klein und zerbrechlich, dass man dich nicht berühren darf, eigentlich solltest du noch einige Monate im Bauch deiner Mutter sein, doch du hast diesen Weg gewählt. Du und ER.
Wer ist ER?
Gott.
Gott?
Er ist so ähnlich wie ich, auch er liegt neben dir, die ganze Zeit schon.
Ist er auch so dick wie du? Wie passt ihr dann beide hier herein? Wahrscheinlich kommt Gott auch aus Frankreich und beide esst ihr gerne.
Er ist einmal dick und einmal ganz dünn, kommt darauf an, mit welchen Menschen er gerade lebt. Bei dir ist er gerade kugelrund.
Und warum lässt er mich dann nicht leben?
Ganz einfach, weil du es wollen musst.
Was ist, wenn ich nicht will?

Das ist deine Entscheidung. ER überlässt dir das ganz alleine.
Seht ihr es nicht? Ich kann mich kaum rühren, es ist heiß und schwül, ich habe Schmerzen von diesem Schlauch im Mund, kann nicht selbst atmen und ER überlässt mir die Entscheidung? Deinen kugelrunden Gott, den will ich gar nicht kennen lernen.
Deswegen spürst du ja auch nur mich, aber das macht nichts.
Was soll ich hier? Kann ich nicht einfach zu dir nach Frankreich kommen?
Das geht nicht, du hast deine Entscheidung noch nicht getroffen, deswegen warte ich mit dir.
Da kannst du lange warten, ich kann mich nicht entscheiden. Die machen mit mir, was sie wollen. Am liebsten wäre mir ohnehin ein Leben so wie deines. Du kannst überall hin, bist warm, kannst dich bewegen und mit den Menschen reden. Und ich? Ich liege da und kann nur auf die nächste Injektion warten. Es ist schrecklich.
Du hast einen Auftrag von IHM bekommen.
Toller Auftrag, wie soll das denn gehen?
In deinem LEBEN eben. Du wirst vielleicht später anderen davon erzählen können. Du kannst so vieles machen, sehen lernen und dich mit anderen über die Welt freuen, spielen, tanzen, lachen. Du kannst Gärtner oder Lehrer werden, Bauer oder Tischler. Ganz egal. Oder du wirst selbst einmal Arzt und arbeitest auf einer Kinderintensivstation. Dann weißt du ja aus eigener Erfahrung, wie scheußlich das für euch Babys war, und handelst vielleicht ein wenig

vernünftiger oder liebevoller. Wer weiß, vielleicht ist es das, was ER will.

Wenn du mit den Gedanken sprechen und diese auch lesen kannst, dann kannst du mir ja sagen, was ER will, dann brauchen wir auch nicht mehr solange warten.

Nein, das kann nicht einmal ich. Das kannst nur du mit IHM machen.

Haben das andere Menschen auch?

Was meinst du?

Haben die anderen auch so eine Gottkugel, die sich zu ihnen ins Bett kuschelt und mit ihnen redet, oder habe das nur ich, weil ich krank bin?

Das haben alle. Aber sie können oder wollen oft nicht mit IHM reden, weil sie auch an Maschinen hängen.

Sind die Menschen da draußen auch alle krank?

Viele schon, sie hängen an Maschinen anderer Art. Und die sind oft lauter als die in deinem kleinen Haus. Und Bach hören die alle nicht, das kannst du mir glauben. Die können auch oft nicht mehr atmen, weil sie an Arbeitsmaschinen hängen.

Das verstehe ich nicht.

Ich auch nicht. Obwohl jeder von ihnen einen Begleiter hat, so wie du mich. Aber sie hören irgendwie nicht auf ihn. Sie warten und wissen gar nicht worauf.

Ich schon, du sagst es mir ja die ganze Zeit. Stört es dich, wenn ich mich ein bisschen ausruhe?

Nein, schlaf nur. Ich bleibe bei dir.

Stille.

Habe ich mich schon entschieden?
Nein, so schnell geht das bei dir nicht, und wichtige Entscheidungen brauchen Zeit. Entscheidungen sind wie Blumen, du musst sie pflegen und gießen und mit gutem Boden nähren. Bis zum Schluss wirst du nicht wissen, welche Farben ihre Blütenköpfe haben werden. Aber das ist ja das Spannende bei den Blumen.
Wie lange dauert es bei mir?
Das wird sich zeigen. Bisher ist nur ein weiterer Tag vergangen. Aber heute waren die Ärzte zufrieden. Dein Durchfall ist besser geworden und du brauchst weniger Flüssigkeit. Deine Mutter war übrigens auch da.
Ja, ich rieche es.
Sie hat ihren Schal zu deinen Füßen gelegt, damit du sie riechen kannst, wenn sie nicht mehr da ist. Ein Stück von ihr ließ sie dir zurück und leider tausend Tränen.
Warum Tränen?
Weil du dich noch nicht entschieden hast.
Du sagst doch selber, dass gute Entscheidungen länger brauchen. Weiß sie das nicht? Warum tut ihr das weh, wenn *ich* doch hier alles über mich ergehen lassen muss.
Weil die Menschen, wenn sie lieben, so verbunden sind, dass auch ihre Seelen miteinander verbunden sind. Sie kann nicht mehr zwischen dir und ihr unterscheiden. Und das tut eben unbeschreiblich weh. Aber das gehört auch zum LEBEN dazu. Manches Mal ist es ein schöner und manches Mal ein hässlicher Schmerz.

Kannst du denn das nicht beenden? Dann hätte sie keinen Schmerz, ich wäre erlöst und du bräuchtest nicht mehr bei mir zu sitzen und mit mir warten. Vergleiche es mit dem Jetzt. Ich kann mich nicht rühren, alle drei Stunden nimmt man mir Blut ab, was sehr weh tut, immer wieder werde ich von Schwestern oder Ärzten geweckt, es ist laut in meinem Haus und ich will eigentlich nur meine Ruhe und keinen Schmerz. Mach es, dass es endlich vorbei ist.

Und deine Mutter?

Sie wird wieder tausend Tränen weinen, doch es wird für sie ein Ende haben, und irgendwann wird sie nicht mehr daran denken.

Glaubst du das wirklich?

Ja, warum denn nicht?

Das ist nicht so einfach, wie du dir das vorstellst. Nicht nur deine Familie, die Krankenschwestern, die Ärzte, ja sogar die Putzfrauen auf der Station haben große Hoffnungen in dich gesetzt.

Worauf denn?

Dass du lebst. Sie arbeiten rund um die Uhr. Die einen liebevoll und mitfühlend, die anderen hektisch und nervös, alle aber sind um dich bemüht. Du bist nämlich etwas ganz Besonderes und alle, die neben dir liegen.

Meinst du, da gibt es noch mehr von meiner Art?

Auf dieser Station sind es zwölf Kinder, aber in der Welt da draußen gibt es sicher tausende. Sie alle kämpfen und ringen um eine Entscheidung. Du weißt ja, die Blumen. Du bist in deiner Art aber anders, und daher wollen sie dich genauer kennen lernen.

Dazu hatten sie ja mittlerweile Zeit genug, oder? Sie können mich auch wieder gehen lassen. Glaube mir, sie werden es verschmerzen.
Du hast recht. Eigentlich kann es ja egal sein. Das alles hat nur einen Haken. Du kennst das Vorher und kannst dir das Nachher vorstellen, nicht jedoch, was dazwischen liegt. Weißt du, zwischen dem Vorher und dem Nachher liegt viel, ein ganzes Leben, und das solltest du kennen lernen. Du kannst natürlich gleich die Blumen haben, du wirst aber nie das Wachsen erleben, das Gießen und Düngen, du wirst nie Genaueres von deinen Eltern erfahren, von deinen Geschwistern, von den Freunden, von liebevollen Menschen, die jetzt schon um dich sind, von der Welt da draußen. Willst du das?
Ich muss es nicht, ich hab ja dich und den Finger meiner Mutter.
Ich glaube nicht, dass das genügt. Sie hat nämlich eine ganz Hand, eine Brust, einen Hals, an den man sich kuscheln kann. Gerüche, die man tief in die Nase einsaugen kann. Ihre Haut hat einen Geschmack, den du kosten kannst, wenn du sie küsst. Ich kann mit meinen Gedanken bei dir sein, sie jedoch kann es mit ihren Gedanken und mit ihrem Körper. Das kann ich dir nicht geben. Niemals.
Hast du Tränen?
Nein. Ich habe auch keinen Geruch. Ich erinnere mich aber, dass ich einmal einen hatte.
Ich muss darüber schlafen. Meine Gedanken drehen sich die ganze Zeit, ich kann kaum denken, alles schwirrt in meinem Kopf. Lass mich ein wenig ausruhen, wir reden später.

Stille.

Bist du doch da?
Ich liege immer noch neben dir.
Was ist geschehen? Es drückt und pocht in meinem Kopf. Warum nehmen diese Schmerzen kein Ende?
Du hattest eine Gehirnblutung. Gestern in der Nacht. Vielleicht lasse ich dich auch in Ruhe. Vielleicht hast du recht. Es ist gleichgültig, ob du es erfährst.
Was erfährst?
Was zwischen dem Vorher und dem Nachher ist. Bleib einfach ruhig liegen.
Das tue ich schon die ganze Zeit. Mach diese verdammten Schläuche endlich weg.
Das kann ich nicht. Ich bin kein Mensch. Sie werden es tun, wenn du dich entschieden hast.
Lass mich endlich in Ruhe mit deinen Entscheidungen.

Stille.

Wo bist du?
Ich bin da.
Da ist aber noch jemand.
Ein Finger.
Meine Mutter?
Ja.
Aber die Musik?
Die brauchst du nicht, wenn sie da ist. Höre einfach ihrer Stimme zu.

Ich habe aber so ein Rauschen in meinem Kopf. Und der Druck ist unerträglich.
Das kommt von der Blutung. Sie werden dich aber morgen operieren, damit der Druck weg ist.
Wie?
Viele Kinder haben das, wenn sie zu früh auf die Welt kommen. Die einen bleiben bei ihrem Begleiter, die anderen legt man wieder in ihre Häuschen und dann warten sie wieder.
Was macht man morgen mit mir?
Sie werden dir ein kleines Röhrchen in deinen Kopf legen.
Wie bitte? Und wozu?
Damit versuchen die Ärzte die Gehirnflüssigkeit abzuleiten.
Na, toll. Jetzt saugen sie mir noch das Gehirn ab.
Nein, sie wollen dir helfen, damit der Druck aus deinem Kopf verschwindet.
Geh weg, mit dir habe ich nur Scherereien. Ich will meiner Mutter zuhören.

Stille.

François?

Stille.

Ich bin bei dir. So wie sie auch.
Ich weiß. Ich habe nur so eine Angst. Angst vor dem Morgen, Angst, dass meine Mutter nicht mehr da ist, wenn ich erwache, Angst, dass du nicht da bist.

Ich bin bei dir.
Und wer ist bei meiner Mutter? Ich habe ihre Tränen gespürt. Heute war es besonders schlimm.
Der Gedanke an die Operation macht sie halb verrückt, aber ich bleibe trotzdem bei dir, sie schafft das schon.
Kann sie das so alleine?
Sie ist nicht alleine. Auch sie hat ihre Begleiter. Aber sie sorgt sich natürlich um dich und um die anderen deiner Familie.
Ich will mehr über sie wissen.
Warum?
Dann kann ich besser schlafen.
Gut. Deine Mutter ist verrückt. Aber das ist gerade das Schöne an ihr. Die Menschen sind alle irgendwie verrückt. Aber sie besonders.
Machs nicht so spannend, erzähl!
Einen kleinen Moment, ich will mich zuerst besser an dich kuscheln, das ist auch für mich sehr angenehm. Warte, ich lege dir die Schläuche vorsichtig auf den Bauch, dann habe ich mehr Platz.
Du hättest in Frankreich nicht soviel essen dürfen, schau mich an, ich habe Platz auf einem Handteller.
Vielleicht wirst du ja auch einmal so wie ich. Dann komm einmal nach Frankreich, da zeige ich dir das beste Essen auf der ganzen Welt … Aber nun zu deiner Mutter. Dass sie gut riecht, das weißt du ja bereits. Die Menschen riechen aber besonders gut, wenn sie lieben. Das ist ein Geruch, so weich und so süß, dass man es kaum aushält. Und deine Mutter liebt. Oh mein Gott, und wie sie das kann, und deswegen riecht

sie auch so gut. Alle Kinder riechen das gerne. Aber auch die Erwachsenen.

Weiter, weiter. Wie ist sie so?

Verrückt eben, wie schon gesagt. Du hast noch drei Geschwister. Drei Brüder. Sie kuschelt sich allabendlich zu ihnen ins Bett und erzählt ihnen die tollsten Geschichten. Was sie wollen, einmal gruselig und einmal lustig, einmal spannend und einmal traurig. Meist schläft sie dann bei ihnen ein. Irgendwie liegen dann alle übereinander, und man muss die vier wie einen Knoten auseinanderschnüren und einzeln ins Bett tragen.

Weiter!

Sie liest viele Bücher, schläft aber jedes Mal bei der zweiten Seite ein, weil sie immer müde ist. Sie liebt Musik, besonders Bach, dann darf man sie nicht stören, denn da kann sie mit ihren Gedanken weit wegfliegen. Das wissen deine Brüder und lassen sie allein, damit sie fliegen kann. Nach Afrika oder nach Indien …

Oder nach Frankreich?

Oder nach Frankreich. Sie lacht viel und hat schon Falten davon bekommen. Die Jüngste ist sie ja auch nicht mehr. Sie macht viel Blödsinn mit deinen Brüdern.

Eines Tages kam sie müde von der Arbeit nach Hause. Es war heiß, noch heißer als in unserem kleinen Häuschen hier. Da ließ sie sich einfach mit all ihren Kleidern und den Schuhen ins Kinderplantschbecken fallen. Vorher hatte sie die Kinder gewarnt, dass sie das jetzt machen müsse. Die Kinder glaubten es ihr nicht. Doch sie tat es. Deine Brüder liefen daraufhin ins Haus, zogen sich ebenfalls die Kleider an, stürmten in den Garten und machten es deiner Mutter nach. Danach holten sich alle Eis und schlürften es in dem dreckigen Wasserbecken. Dabei gingen die Nachbarn vorbei. Es ist ihr aber egal, was andere denken.

Wenn sie mit Unterhosen am Fenster steht und putzt, dann singt sie laut Opernarien, so laut, dass das ganze Dorf dröhnt. Ich sag ja, sie ist verrückt. Aber in einer Weise, wie ich es mir gerne für viele Menschen wünschen würde.

Woher kennst du sie?

Ich kenne sie schon lange. Sie hat mich eines Tages gerufen und ich kam zu ihr. Ich liebe sie, denn sie erinnert mich an eine Frau, die ich auch einmal sehr geliebt habe.

Du hattest eine Frau in Frankreich?

Ja, und ich liebte sie sehr. Ich durfte es aber nicht.

Jetzt verstehe ich dich nicht. Du sagst, ich soll mich entscheiden, weil ich das Leben kennen lernen soll, du schwärmst mir von Liebe und Gerüchen vor, die so schön sind, dass man es kaum aushält, und dann erzählst du mir, dass du es dir verboten hast. Du bist ein komischer Kauz.

Du verwirrst mich. Das ist alles nicht so einfach, wie du dir das vorstellst.

Dann erkläre es mir. Du hast die ganze Nacht Zeit.

Ich habe noch nie jemanden gehabt, der so viele Fragen stellt wie du.

Wenn ich mich entscheiden soll, dann muss ich einfach mehr wissen, du hast es selbst gesagt, also rede mit mir.

Stille.

François, bist du noch da? Oder willst du nicht darüber reden?
Ich weiß nicht, wo ich anfangen soll.
Mittendrin.
Gut. Ich erzähle nur dir diese Geschichte, ich habe darüber noch nie gesprochen ... Ich liebte einmal sehr, obwohl ich nicht durfte.
Warum nicht dürfen, es kann einem doch niemand die Liebe verbieten, oder macht ER das?
Nein, ER macht das nicht, ganz im Gegenteil, die Menschen verbieten es sich selbst.
Jetzt verstehe ich gar nichts mehr. Wenn Liebe so zum Leben dazu gehört, warum gibt es Menschen, die sich die Liebe verbieten?
Weil sie Angst haben. Auch ich hatte Angst. Liebe ist ein Gefühl, das dich wie Wasser mitreißen kann.
Das alles können Frauen mit einem machen?
Hör auf, dich über mich lustig zu machen.
Ich hör schon auf. Also, wie war deine Frau?
Ich hatte keine Frau. Und irgendwie doch. Sie hieß Johanna Franziska und hatte sechs Kinder. Sie war eine hinreißende Frau. So schön, dass sie mir sofort auffiel. Sie trug elegante Kleider und teuren Schmuck, doch sie war auch ohne solchen Prunk wunderschön, denn sie brannte von innen. Ihre Augen waren voller Leidenschaft. Ich lernte sie ganz zufällig kennen. Ich bewunderte ihre schnelle Auffassungsgabe und ihren Mut, Dinge, die sie sich vornahm, auch sofort umzusetzen. Oft beneidete ich ihre Kinder. Sie küsste und herzte sie jeden Tag, so als wäre es ihr letzter.

Und du?
Ich habe es ihr nie so richtig gezeigt.
Hast du nie an ihr gerochen?
Nein, vielleicht manches Mal heimlich und auch nur flüchtig. Ich konnte und wollte meine Gefühle nie zeigen.
Da hab ich mir ja genau den Richtigen gerufen. Und du willst mir was vom Leben erzählen?
Glaube mir, ich habe es sehr bereut. Geschrieben habe ich ihr vieles. Vielleicht hat sie es ohnehin gespürt.
Und wie ging es dann weiter?
Ich habe im Alter so etwas Ähnliches gehabt wie du. Eine Gehirnblutung.
Und?
Ich bin daran gestorben.
Super, schöne Aussichten für mich.
Nicht ganz. Heute gibt es bessere Ärzte, außerdem war mein Leben erfüllt, ich habe vieles gelehrt und vieles geschrieben.
Und hast das Wichtigste doch versäumt. Ihr deine Liebe zu zeigen.
Jetzt weiß sie es ja. Alles eine Frage der Zeit. Aber zu spät.
Und warum erzählst du mir das alles?
Weil du die Gelegenheit nutzen solltest, die Liebe kennen zu lernen.
Weil du versagt hast?
Vielleicht.
Warum war sie meiner Mutter ähnlich?
Nur teilweise. Johanna war zwiespältig. So wie ihr Name. Sie hieß Johanna Franziska. Besteht ja auch aus zwei Namen. Deine Mutter heißt auch Franzis-

ka und dieser Teil an ihr ähnelte sehr meiner Johanna Franziska. Es gibt hier auf der Station übrigens auch eine Johanna, sie ist deine Ärztin. Der Johanna-Teil war streng und zielstrebig. Sie war eine reiche und einflussreiche Frau, mutig und sehr stolz, und doch hatte sie auch eine andere Person in sich, diesen Franziska-Teil, der war weich und einfühlsam, leidenschaftlich und unbeherrscht. Eben manches Mal so wie deine Mutter. Ich liebte beide Persönlichkeiten, beide Namen.

Weil sie so unbeherrscht war?

Nein, weil sie so leidenschaftlich lieben konnte. Es ist wie ein Feuer, das in dir brennt.

Ich verstehe bald gar nichts mehr.

Weißt du, es gibt verschiedene Formen der Liebe. Die Liebe zu einem besonderen Menschen, dann die Liebe zu seinen Kindern und dann die Liebe zu IHM. Ich habe zwei Formen kennen gelernt. Zu Kindern und zu IHM. Die dritte, wie gesagt, erst im Nachher. Und das ist schade. Du solltest alle drei kennen lernen.

Deswegen bist du da?

Genau deswegen. Denn hast du alle drei einmal gespürt, dann lebst du wirklich und bist innerlich erfüllt. Es ist wie ein warmer Mantel, der sich um dich legt.

So wie du jetzt.

Ganz genau.

Und die anderen neben mir haben auch so etwas wie dich?

Ja.

Ich höre sie aber nicht.

Die kannst du nicht hören, die liegen auch in diesen kleinen warmen Häuschen und reden mit den Kleinen. Bis sie sich entschieden haben.
Und ist ER bei ihnen?
Ja. Die einen liegen schon zu dritt. Weil sie IHN schon hören.
Ich aber noch nicht.
Kommt schon. Sei dir sicher.

Stille.

Was ist das für ein Gesumme neben mir? Ist das eine neue Maschine?
Nein, man singt neben dir.
Wie bitte? Man singt neben mir? Ich finde das nicht lustig hier zu liegen, wie kann man da singen?
Sie beten.
Wer?
Die Eltern von Yunus.
Was ist denn das für ein Name?
Ein muslimischer.
Was ist denn das schon wieder?
Ein anderer Weg, den Menschen gehen. Aber er führt auch zum Ziel.
Welche Wege?
Die Wege zu IHM. Die sind alle so unterschiedlich, so wie die Menschen sind.
Und warum singen sie?
Weil sie Yunus betrauern. Er hat sich entschieden.
Aber das ist doch wunderbar, warum weinen sie dann?
Weil Yunus mit seinem Begleiter mitgehen wollte. Die

Eltern haben sich so bemüht, haben ihm so viele schöne Dinge vom Leben erzählt, und doch hat er sich anders entschieden.
Da hat er recht. Ich will diese Schmerzen auch nicht mehr ertragen.
Ich verstehe dich gut. Yunus hat viel durchgemacht. Er hatte dieselbe Krankheit wie du, nur noch schlimmer.
Hat er seine Mutter kennen gelernt?
Ja, und ganz intensiv.

Yunus?
Ja?
Du hörst mich?
Natürlich.
Warte auf mich, ich will mit dir gehen. Ist dein Begleiter bei dir?
Ja. Aber ich geh ja nicht weg. Ich bleibe in der Nähe meiner Familie.
Meiner hat mir versprochen, dass er mich nach Frankreich mitnehmen will.
Ich bleibe hier. Ich bin nur in einer anderen Form da. Ich hab nur den Handschuh ausgezogen.
Den Handschuh?
Ja, den Handschuh. Der Körper umhüllt deine Seele wie ein Handschuh deine Hand. Du kannst deine Seele aus diesem Handschuh herausziehen, ganz leicht. Meine Hülle verschwindet zwar, aber meine Kraft, die Erinnerungen und meine Liebe bleiben bei meiner Familie. Sie müssen es aber erst lernen, mir in dieser anderen Form zu begegnen. Aber die schaffen das schon. Ich kann mir auch jetzt vorstellen,

wie es dir geht. Du bist erst am Anfang, ich habe schon ein ganzes Jahr hinter mir.

Was soll ich jetzt machen?

Höre einfach auf deinen Begleiter und deine Mutter, du hast viel Zeit, du musst dich nicht sofort entscheiden.

Und der Schmerz in meinem Kopf?

Der wird morgen sicher besser, außerdem, wenn du mit deinem Begleiter oder mit deiner Mutter redest, dann vergisst du den Schmerz.

Wie soll ich denn mit meiner Mutter reden, wenn ich diesen verdammten Schlauch in meinem Mund habe, ich kann nicht einmal weinen.

Du kannst es ihr anders zeigen.

Wie denn?

Hab einfach weniger Angst.

Du bist witzig, schau mich an! Mir platzt fast der Kopf und morgen soll ich operiert werden, und du sprichst davon, keine Angst zu haben.

Doch, das kannst du, zeig es deiner Mutter. An deinem Fuß hängt ein kleines Kabel.

Ja, ich weiß, rein zu meiner Sicherheit.

Dieses kleine Kabel misst den Sauerstoff im Blut. Wenn es dir gut geht, dann springen deine Werte hinauf, geht's dir schlecht, dann purzeln sie hinunter und die Maschinen geben Alarm.

Wie soll ich das anstellen?

Stell dir schöne Dinge vor, rieche an deiner Mutter, höre die schöne Musik und die schönen Geschichten von François.

Du kennst François?

Natürlich. Schon lange.

Ein komischer Kauz.
Und kugelrund.
Genau.
Also, denk an was Schönes und lass die Sauerstoffwerte hinaufflitzen. Ich muss aber jetzt wieder zu meiner Familie. Machs gut!
Warte auf mich!

Stille.

François?
Ja.
Du bist noch immer da?
So lange du willst.
Und Mama auch.
Natürlich. Sie redet gerade mit Johanna, deiner Ärztin, die dich morgen operieren wird.
Und?
Alles sehr kompliziert. Ich verstehe nichts von dem, was sie sagen.
Ich auch nicht. Ich spüre nur, dass sie wieder weint.
Manches Mal kann Weinen heilsam sein.
Ich will nicht, dass sie um mich weint. Das macht die Dinge noch viel komplizierter. Außerdem schmerzt es mich, wenn sie weint. Es sind nicht Schmerzen wie in meinem Kopf, andere, die gehen vom Bauch aus. Ist dort alles in Ordnung?
Dein Bauch ist gesund und sonst auch alles, allein dein Kopf macht Probleme.
Und der verdammte Schlauch?
Der auch. Wenn du dich entschieden hast, dann wirst du ihn nicht mehr brauchen, wirst sehen.

Ich kann's noch nicht.
Kleiner Momi, man entkommt dem Leid nicht, indem man den Mut verliert.
Du kannst leicht reden, du hast alles hinter dir.
Nein, ich habe noch alles vor mir. Mit dir.
Wie soll ich mutig sein, wenn um mich nur Schmerz und Leid ist. Echte Freude kann ja gar nicht aufkommen. Bei mir jedenfalls nicht.
Ich erzähl dir wieder eine Geschichte. Ich bin einmal in meinem Leben einem Gehörlosen begegnet. Er konnte nicht hören, also hat er den Sinn meiner Wörter von meinem Mund abgelesen und wir beide haben eine Zeichensprache entwickelt. Es ist alles eine Frage, wie man dem Leid oder besser gesagt dem Anderssein begegnet. Die einen geben auf, so wie du jetzt, die anderen sind mutig und erfinden neue Wege.
Gut. Aber stell dir vor, ich bin nicht gehörlos oder stumm, hätte ich dieses Ding nicht im Mund, ich könnte schreien und später reden. Mich trifft kein körperliches Gebrechen, ich hab's im Kopf, was noch schlimmer ist. Für mich und meine Mutter. Ich kann vielleicht einmal später nicht denken!
Sie wird es für dich tun.
Wer?
Deine Mutter, und später all jene, die dich kennen und lieben. Sie werden alle für dich denken und damit anders denken lernen, denn glaube mir, nur wer aus sich herausgeht und sich in andere Menschen hineinversetzt, kann eine Veränderung herbeiführen. Und noch was, dir wird es nicht schlecht gehen.
Warum müsst ihr Begleiter immer eine Antwort parat haben?

Weil wir im Leben vielleicht nicht konnten, aber deswegen bin ich ja bei dir. Du tust auch mir sehr gut.
Du mir auch.
Das Leben ist verrückt oder wahnsinnig, wie immer du es bezeichnen willst. Der Wahnsinn ist sicher, das Leben so zu sehen, wie es ist, und nicht so, wie es sein sollte.
Kann das meine Mutter?
Noch nicht, aber sie wird es lernen, sie wird es lernen müssen, auch wenn sie sich jetzt noch dagegen sträubt.
So wie ich.
Ja, so wie du. Es ist nicht einfach, die Dinge zu akzeptieren, wie sie sind. Weißt du, es gibt zwei Arten von Leid, das Vorhersehbare und das Unvorhersehbare. Mit dem einen kann man irgendwie leben, man kann es sich richten. Das Unvorhersehbare trifft die Menschen wie ein Schlag mitten ins Gesicht. Eine schwere Krankheit oder der Tod ist so etwas, da tun sich die Menschen besonders schwer.
So wie mit meinem Kopf.
So wie mit deinem Kopf. Deine Mutter, deine ganze Familie und deine Freunde hätten dir ein anderes Leben gewünscht, und doch ist es anders gekommen. Aber stell dir vor, zwei hätten die gleiche Krankheit. Der Eine verzweifelt und gibt auf, der Andere ist mutig, so wie du hoffentlich, und lässt andere an dem Leid reifen. Der einzige Unterschied zwischen den beiden ist die Einstellung. Wenn du bereit dazu bist, kannst du deiner Mutter und vielen anderen lehren, eine andere Einstellung zum Leben zu bekommen.
Und zur Liebe.

Unbedingt. Ich denke die beiden hängen ganz fest zusammen.

So wie Franziska und Johanna?

Umgekehrt Johanna und Franziska, aber du hast recht. Die zwei diskutieren übrigens immer noch über dich. Lautstark. Deine Mutter löchert gerade Johanna mit Fragen und die weiß keine Antworten. Das macht sie noch unsicherer.

Geht es um meine Operation?

Ja.

Machs nicht so spannend, ist es gefährlich?

Ja sehr.

Wie soll ich mich entscheiden, wenn ich abhängig bin von Johannas Operationskünsten?

Glaube mir, sie tut ihr Bestes und sie kann etwas.

Sehr beruhigend. Ich will nur endlich diesen Druck los sein, er ist unerträglich. Erzähl mir lieber noch Geschichten, dann vergesse ich meinen Schmerz.

Was soll ich dir erzählen?

Von meinen Brüdern.

Die sind genauso verrückt wie deine Mutter. Ich denke da nur an die Autowaschstraße.

Was ist eine Autowaschstraße?

Dort fährt man hin, um sein Auto putzen zu lassen. Riesige Bürsten, so groß wie das halbe Zimmer hier, putzen von vorn, von der Seite und von hinten. Dazu gibt es sehr viel Schaum, man sieht nichts, kann sich kaum hören. Und ein bisschen kann man sich darin fürchten. Aber das ist ja das Lustige. Deine Mutter dreht dann ganz laute Musik auf und alle Kinder tanzen im Auto. Bis sie aus der Straße heraus sind. Wenn sie merkt, dass einer von deinen Brüdern trau-

rig ist, etwa wegen schlechter Noten in der Schule oder wegen eines Freundes, wenn es zu Hause Streit gegeben hat und sie sich versöhnen wollen, und auch wenn's einmal keinen Grund gibt, gibt's bei euch die Autowaschstraße. Deine Mutter ist wie ein Kind und will eigentlich nicht erwachsen werden. Mit dir und deiner Krankheit ist sie aber ein Stück vernünftiger und auch erwachsener geworden.

Das wollte ich aber nicht.

Es ist aber so. Nun zu deinen Brüdern. Der Älteste ist sehr gescheit und hat lauter gute Noten in der Schule.

Was meinst du mit Schule.

Schule, das ist ein großes Haus, so wie das Krankenhaus hier, und dort werden Kinder auf das Leben vorbereitet.

Genügen nicht die Geschichten und die Autowaschstraße?

Nein, nicht immer. Sie lernen Sprachen, damit sie sich besser verständigen können. Sie lernen über ihr Land, über Zusammenhänge, warum die Dinge im Leben so sind wie sie sind. Sie lernen sich und andere zu begreifen und für Probleme Lösungen zu finden. Zumindest sollte es so sein. Leider lernen sie sich auch mit Situationen abzufinden, sich anzupassen und sie zu ertragen.

So wie ich meine Maschinen.

In gewisser Weise hast du recht. Aber irgendwann brauchst du sie nicht mehr und wirst alleine leben können. So wie die Kinder, sie werden das Gelernte nutzen und alleine ihre Erfahrungen machen. Sie werden Menschen kennen lernen und durch sie viel mehr erkennen als sie in der Schule an Wissen gesammelt haben.

Wie ist nun mein ältester Bruder?

Er hat ein großes Herz. Das erkennt man interessanterweise daran, dass es leicht übergehen kann. Er hat sich schon so auf dich gefreut, und dann passierte es, dass du einfach zu schnell auf die Welt kamst. Er kann das alles nicht verstehen und verzweifelt an Gott.

Glaube mir, ich auch.

Musst du aber nicht … Dein Bruder hat Angst um euch beide, mehr aber um deine Mutter. Fast jeden Tag fährt er daher mit deiner Mutter ins Krankenhaus und bewacht sie. Er folgt ihr auf Schritt und Tritt und nimmt sogar in Kauf, Dinge zu sehen, die man in seinem Alter noch nicht sehen sollte. Er macht es aber, weil er sie nicht alleine heimfahren lassen will. Er kann nämlich auch Gedankenlesen. Einen bösen Gedanken bekommt er dabei nicht ganz aus seinem Kopf. Er meint, deiner Mutter geht es ähnlich wie dir. Sie hat genug vom Warten und will so wie du vom Vorher ins Nachher. Was dazwischen liegt, will sie nicht mehr sehen.

Und was macht er dagegen?

Er erzählt ihr lustige Geschichten. Nicht Geschichten aus der Vergangenheit, sondern Geschichten, wie er sich sein Leben mit dir vorstellen könnte.

Und was stellt er sich dabei vor?

Vieles. Zum Beispiel, dass du, wenn du einmal laufen kannst, ständig die Unterlagen deiner Mutter im Büro anmalst, dass du die Wachsmalkreiden verwendest, um schöne Bilder an die Schlafzimmerwand

deiner Eltern zu kritzeln, dass du erbrechen wirst, nicht wegen deines Gehirndruckes, sondern vom vielen Eis, das er dir kaufen wird. Sie muss dann immer lachen und Lachen vertreibt die bösen Gedanken. Sie umarmt ihn oft, weil sie genau weiß, warum er es macht.
Das ist aber sehr lieb von ihm.
Ja, finde ich auch. Die Erwachsenen sollten viel mehr die Geschichten der Kinder anhören. Sie erzählen immer Vergangenes und die Kinder von dem, was noch geschehen wird. Das ist der Unterschied zwischen ihnen.
Wie geht es ihm jetzt?
So wie dir. Er wartet. Und er will IHN auch nicht hören.
Verstehe ich.
Er kann es nicht, weil er nicht versteht, warum Gott das alles zulässt. Kinder, die krank sind und so viel zu erleiden haben.
Da hat er ja auch recht. ER könnte das ganz leicht ändern.
Das tut er ja auch, nur verstehen die Menschen seine Wege nicht, oder noch nicht.
Und meine Krankheit? Warum hat er es zugelassen, dass ich, obwohl ich eigentlich gesund war, eine Gehirnblutung hatte?
Weil das für ihn nicht wichtig ist.
Nicht wichtig?
Ob krank oder nicht, ob vollkommen oder nicht, das spielt keine Rolle.
Was spielt dann eine Rolle?
Die Liebe. Sie ist für ihn wichtig. Sie ist ein unent-

deckter Schatz, den man vielleicht genau durch diese Krankheit finden kann. Ich meine, Gott lässt Unvollkommenheit zu, aber er schickt auch Menschen, die durch ihr Denken oder Handeln dem Anderen begegnen und helfen können.
So wie Johanna?
So wie Johanna. Sie hat ihr Leben der Erforschung dieser Krankheit gewidmet. Tag und Nacht sitzt sie vor Büchern und studiert die Zusammenhänge des Gehirns. Sie will euch helfen. Warum sie das tut, weiß sie selbst nicht. Sie will dem Leid und dem Schmerz ihr Können entgegenhalten, weil sie IHM trotzt.
Hört sie IHN?
Ja, und sie kann es genauso wenig wie dein Bruder verstehen, dass Gott so etwas zulässt. Ihre Antwort auf diese Frage ist die Erforschung und Entwicklung neuer Operationstechniken, damit sie helfen kann, obwohl sie mit niemandem darüber spricht.
Nicht einmal mit meiner Mutter?
Nein, um Gottes Willen. Die zwei sind wie Tag und Nacht. So wie ich dir von meiner Johanna Franziska erzählt habe. Die eine zielstrebig und perfekt, die andere leidenschaftlich menschlich. Sie haben noch nicht den richtigen Weg zueinander gefunden, weil die eine das Leben der anderen nicht versteht. Aber sei dir gewiss, sie finden einen Weg und werden sich gegenseitig helfen und in ihrem Handeln befruchten.
Ich spüre beide neben mir. Sie ergänzen sich.
Deine Mutter muss nun leider die Station verlassen, es ist spät und Mütter dürfen nicht in der Nacht bei ihren Kindern bleiben. Aber ich bleibe bei dir. Ist das für dich so in Ordnung?

Unbedingt. Ich liebe es, wenn du bei mir liegst. Aber am liebsten rieche ich meine Mutter.
Das verstehe ich. Sie riecht ja auch köstlich.

Stille.

Schläfst du?
Nein, aber ich kann dich so schlecht hören, alles dreht sich um mich.
Hast du Schmerzen?
Nein, jetzt nicht, aber ich höre dich nur so, als wärest du weit weg.
Das sind die Medikamente, sie haben dir etwas gegen die Schmerzen gegeben und da sind auch Beruhigungsmittel drinnen.
Kannst du mir noch ein paar Geschichten erzählen? Von meinen anderen Geschwistern?
Gut, ich werde einfach ein wenig lauter reden. Es gibt ja noch deine beiden kleineren Brüder. Sie sind echt wilde Kerle. Gefürchtet bei den Großeltern und den Babysittern. Immer fällt ihnen ein Schabernack ein. Von denen könnte ich dir die wildesten Geschichten erzählen. Deine Eltern sind manchmal schön genervt mit den beiden, aber sie meinen es nicht böse. Es kommt einfach aus ihnen heraus, wie Wasser aus einem Brunnen.
Was tun sie denn so?
Ihr lebt in einem richtig schönen Haus am Land. Neben dem Haus fließt ein Bächlein und da gibt es eine Menge Kröten. Das sind Tiere, die eigentlich ganz lieb und auch nützlich sind, aber sie schauen halt

nicht sehr appetitlich aus. Und so ist jeder froh, dass sie am Bach leben und nicht in den Gärten der Häuser. Außerdem unken sie sehr laut und dann kann man kaum schlafen. So, deine zwei kleineren Brüder fangen diese Tierchen gerne und setzen sie dann in die Gärten der Nachbarn aus. Nachts natürlich, damit sie nicht gesehen werden. Und dann fangen diese Kröten zu unken an, dass es eine Freude ist. Oft kommt dann ein Nachbar mit der Bitte zu ihnen, sie mögen doch diese Tiere aus dem Garten entfernen. Um Geld natürlich. Wie zwei Unschuldslämmer kommen sie dieser Bitte nach und freuen sich insgeheim, dass die Nachbarn so blöd sind und gar nicht merken, dass sie sich damit gutes Geld verdienen. Also Kröten rein, Geld heraus. Das ist ein lukratives Geschäft für die zwei geworden.

Und was sagt Mama dazu?

Die hat ja selbst die Kröten im Garten, nur zahlt sie nichts fürs Fangen. Die fängt sie nämlich selbst.

Da mach ich später mit.

Hundertprozent.

Da ist jetzt noch jemand bei mir. Spürst du es?

Es ist Johanna.

Johanna?

Ja. Sie kommt schon seit ein paar Tagen zu dir ans Bett und beobachtet dich. Heimlich.

Was will sie denn von mir? Mich erforschen?

Anfänglich schon. Sie konnte nicht begreifen, dass du mit dieser Krankheit noch am Leben bist. Aber jetzt will sie dich nur ansehen.

Ansehen?

Ja. Denn du bist außergewöhnlich schön.

Jetzt schmeichelst du mir. Vielleicht will sie nur diese Bachkantaten hören.
Sicher nicht. Jetzt bist du es, der sie interessiert.
Warum? Von mir gibt's doch eine ganze Reihe auf der Station.
Ja schon, aber keinen, der so mutig ist wie du.
Du lügst mich an, wäre ich mutig, hätte ich mich schon entschieden. Sie glaubt es nur, aber ich bin es nicht.
Was du den Ärzten bis jetzt gezeigt hast, war ziemlich viel Kraft und Mut.
Ein Irrtum.
Nein, Hoffnung, mein kleiner Freund, und die besteht immer. Nur mit Hoffnung lässt sich einiges verstehen und in die richtige Richtung weiterarbeiten.
Sag ihr in deinen Gedanken, sie soll sich lieber hinlegen und gut ausschlafen, damit sie morgen keine zittrigen Hände hat und mich nicht verpfuscht.
Ich glaube, dein Anblick gibt ihr mehr als der Schlaf. Sie braucht dich. Sie braucht deinen Anblick, dein Atmen, deinen Kampf, dein Anderssein.
Warum?
Weil sie keine Kinder bekommen kann. Wenn aber, dann wären sie so wie du.
Unvollkommen? Und mit einer Gehirnblutung?
Ja, vielleicht genauso. Du hast eine eigene Ausstrahlung, auch wenn du deine Augen noch nicht richtig öffnen kannst. Diese Aura ist warm und angenehm und gibt den Menschen um dich, Schwestern wie Ärzten, Freude und Hoffnung. Und Sinn für ihr Tun.
Und ich kann dabei nur zusehen und warten?

Das hängt von dir ab, wie gesagt, und von Johannas Händen.
Dann sag ihr endlich, sie soll schlafen gehen, sie kann mich ja morgen auch noch anschauen, wenn es vorbei ist.
Wie du willst. Mach ich.

Stille

Ist sie weg?
Nein. Sie möchte dich noch eine Weile ansehen. Dann geht es auch ihr besser.
Geht es ihr denn schlecht?
Nein und Ja. Nein, weil sie beruflich sehr erfolgreich ist und jeder vor ihr Respekt und auch ein bisschen Angst hat. Ihr Erfolg geht ihr über alles. Ihr Können ist fast göttlich, sie kann IHM damit eins auswischen, und doch fehlen ihr Leidenschaft und Hingabe und auch ein bisschen das Vertrauen in das Leben. Das ist das, was deine Mutter von ihr trennt. Doch sie werden sich durch dich verstehen lernen. Übrigens gibt es da eine tolle Geschichte, die ist nicht einmal von mir, sondern von Kohelet.
Wer ist Kohelet?
Auch ein Begleiter, der liegt aber bei einem anderen Kind. Der hat einmal gesagt: Nicht dem Schnellen gehört im Wettlauf der Sieg. Nicht dem Tapferen der Sieg im Kampf, auch nicht dem Gebildeten die Nahrung, auch nicht den Klugen der Reichtum, auch nicht den Könnern der Beifall, sondern jeden treffen Zufall und Zeit. Und nun hat es Johanna getroffen. Mitten ins Herz.

Wer?

Du natürlich, du Dummchen, sie fühlt sich zu dir ganz eigenwillig hingezogen. Es gibt ihr Kraft. Egal der Erfolg, egal der Respekt, du bist ihr Kind geworden.

Und was soll ich jetzt tun?

Sei mutiger. Und versuche zu leben.

Ich probiere es nach meiner Operation. Vielleicht kann ich dann klarer denken, wenn ich diese Kopfschmerzen nicht mehr habe.

Ich habe auch zeitlebens an Kopfschmerzen gelitten.

Und an Johanna Franziska.

Nicht an Franziska, nicht an Johanna, sondern an meiner dummen Engstirnigkeit.

Wenn ich es morgen nicht schaffe, zu wem gehst du dann?

Zu Johanna.

Warum nicht zu meiner Mutter?

Weil mich Johanna mehr braucht.

Nicht beide?

Du hast recht. Ich bleibe bei beiden. Sie sind ja eine Person. Obwohl sie so unterschiedlich sind. Vielleicht kann ich wieder gut machen, was ich im Leben nicht konnte.

Tu das endlich. Und zeige dich den beiden.

Es ist schon sehr spät, möchtest du nicht noch ein bisschen ausschlafen?

Nein. Ich will noch etwas wissen.

Was denn?

Mein Vater?

Er ist mir ähnlich.

Was? Mein Vater ist doch nicht kugelrund.

Nein, nicht äußerlich, innerlich. Vielleicht habe ich in ihm meinen größten Bewunderer und Freund. Von ihm konnte ich viel lernen.

Du? Du bist doch ein Begleiter, was willst denn du von ihm lernen?

Das Träumen. Dein Vater ist ein Träumer. Nur Träumer können die Welt verändern. Er hat sich mit deinem Zustand abgefunden, egal in welche Richtung es mit dir gehen wird. Er liebt dich, so wie du bist. Er braucht dich nicht, so wie deine Mutter, erst kennen lernen, er trägt dich schon in sich. Ich habe dies in meinem Leben nicht geschafft, er aber schon. Er kann sich mit Tatsachen und Gegebenheiten viel leichter abfinden und diese akzeptieren als alle, die ich kenne. Das macht ihn auch so besonders. Er wartet aber trotzdem auf dich. Und wie er wartet. Er überlässt dir aber die Entscheidung. Er liest viel und ist sehr diszipliniert. Nicht so wie deine Mutter.

Was ist besser?

Nichts ist besser. Weder ein exzessives noch ein diszipliniertes Leben, wichtig ist das richtige Maß. Er hält und stützt im Moment den Rest der Familie.

Was ist das richtige Maß?

Du stellst wirklich außergewöhnliche Fragen. Alles kennt ein Maß. Nur die Liebe nicht. Isst du zu viel, wird dir schlecht. Verdienst du zu viel Geld, wirst du gierig auf mehr, hast du Erfolg, willst du immer mehr, und irgendwann findet das alles kein Gleichgewicht, denn es kostet immer irgend jemandem etwas, sei es Geld, oder Erfolg, oder Freiheit, nur die Liebe hat kein Maß, sie kannst du ausschütten, ohne dass das Gleichgewicht gestört wird. Lieben ohne Maß ist nicht

maßlos, sie macht frei und befriedet. Vielleicht ist es das, was Johanna an dir sucht. Und was alle von dir erwarten.
Bleib morgen auch bei mir und geh nicht gleich mit Johanna mit.
Ich bleibe immer bei dir, solange du es wünscht.
Ich muss jetzt ein wenig schlafen. Es ist so angenehm mit dir. Wenn ich morgen nach der Operation erwache, bist du dann noch bei mir?
Immer, egal wie es ausgeht. Nur, lieber Momi, es liegt auch an dir, du musst wollen, du musst dich entscheiden. Diese Entscheidung kann ich dir nicht abnehmen.
Gute Nacht, François.
Gute Nacht, mein kleiner Momi.

Stille.

Bist du noch da?
Ich bin immer da.
Der Druck ist weg. Und auch meine Schmerzen. Ist alles vorbei?
Ja, alles.
Und Johanna?
Hat wieder einmal ihr Können unter Beweis gestellt. Sie ist wirklich gut. Aber sie freut sich am meisten, dass es dir gut geht.
Und Franziska, meine Mutter?
Riechst du sie nicht?
Nicht wirklich. Der Beatmungsschlauch ist mir durch die Nase gelegt worden.

Dann zieh ihn endlich raus, lebe und zeige dich den anderen.
Kann ich das wirklich?
Nur zu. Machs endlich.
Gut, aber nur, wenn du mich begleitest.
Für immer.

Nach einer sechsstündigen Operation schlief Moritz Maria still vor sich hin, bis er plötzlich anfing, gegen die Maschine zu atmen. Er atmetet, nicht mehr nach dem vorgegebenen Rhythmus des Gerätes, sondern selbst. Immer gegen diese Form der Einschränkung. Die Ärzte gaben ihm Medikamente, er wäre nach ihren Befunden noch nicht soweit, und doch wollte dieses Kind anders. Man wartete.
Moritz griff mit seinen kleinen Händen nach dem Beatmungsschlauch und zog sich diesen aus seiner Lunge, ganz alleine, ganz von selbst, denn er wollte leben.

Er hatte sich entschieden, er wollte das Dazwischen, die Liebe, kennen lernen.

2

Eigentlich müsste schon längst die Krankenschwester gekommen sein, um das Operationskleidchen zu bringen.
Vielleicht ist es aber zu früh, die Station schläft noch.
Ich muss dem Kleinen tausend Küsse geben, vielleicht komme ich nachher nicht mehr dazu.
Nein, keine bösen Gedanken, es wird schon alles gut gehen.
Du hast sicherlich Hunger, seit gestern durftest du nichts mehr essen. Komm zu mir, ich trage dich herum, um dir die Zeit zu vertreiben.
Ich erzähle dir von der Sonne, die versucht, sich durch die grauen Winterwolken durchzukämpfen, und wie ihre ersten Strahlen das Firmament erleuchten. Wie sie es mühelos schafft, die Hausdächer in ein tiefes Violett zu tauchen. Wie der Abend ist diese Morgenstimmung.

Gott, wie schön dieser Anblick ist, ein herrlicher Tag, und doch wünschte ich mir, er wäre schon vorbei.
Wie gerne würde ich jetzt mit meinem Hund allein über die Felder streichen, leichtfüßig und un-

bekümmert. Meine Gedanken baumeln lassen, wie die Äpfel auf den alten Bäumen, die unbelaubt und nackt den Waldrand säumen und dem Winter so still und erhaben ergeben sind.
Gedanken an Weihnachten, an Düfte, von Dingen, die ich so gerne tue. Weihnachten, das war eine Zeit, die ich mir schon als Kind immer wünschte. Meine kleine Zeitrechnung ging von den Geburtstagen bis zu Weihnachten, wo alles so einfach und unkompliziert schien.
Was ist heute daraus geworden? Ist das mein Advent, mein Warten? Mein Geschenk?
Ich hasse dieses Warten, hasse diese Zeit, weil sie lügt. Ich würde sie so gerne ersticken, diese Sehnsucht. Ersticken in meinen Ängsten und Zweifeln.

Nochmals versucht eine Ärztin einen Venflon zu legen, doch es funktioniert nicht.
Warum quälen sie mein Kind? Die Venen sind lädiert, alles vernarbt, hunderte Einstiche machen es nicht mehr möglich. Die Ärzte glauben, sie müssten sich an meinem Kind beweisen.
Franziska, versuche ruhig zu bleiben!
Ich versuche es, zittrig, ich helfe ihr sogar bei den Handgriffen. Es ist unangenehm für mich wie für sie, beide haben wir kein Vertrauen zueinander und warten gegenseitig auf einen Fehlgriff, der eine Auseinandersetzung rechtfertigen würde. Sie ist müde vom Nachtdienst, ich müde von schlechten Nachrichten und der Ungewissheit in meinem Leben. Wie gerne würde ich mit dir tauschen, du kleines dummes weißes Mäntelchen.

„Einmal noch? Bitte. Die Nadel muss einfach in diese Vene“, meint die Ärztin.
Oh nein, und wenn du hundertmal „Bitte, Bitte“ sagst, wie ein kleines Zirkushündchen. Meine ganze Wut, weniger über ihre Inkompetenz, als über das, was noch kommen wird, ergießt sich über sie. Ich kann das mittlerweile mit meinen Augen. Früher tötete ich mit Worten, nun geht es auch mit den Augen. Wohin hat mich diese Situation gebracht?
Sie unterlässt es tatsächlich. Vier Mal aber hat sie es trotzdem versucht. Vier kaputte Venen mehr und ein schreiendes Kind.
Mein Kind, mein großer Schatz. Komm zu mir, ich tröste dich.
„Sagen Sie es dem Anästhesisten, und dass ich es versucht habe“, meint sie kurz angebunden, nimmt die Spritzentasse und geht wortlos.
Ich werde es dem Anästhesisten sagen, wie ich es schon so oft gemacht habe.
Endlich habe ich mich einmal durchsetzen können. Eigentlich wollte ich nur ein sauberes Hemdchen, nun muss ich Momi waschen, er hat sich in meinen Armen vor lauter Aufregung übergeben, reine Magenflüssigkeit.
Ich sollte mich beeilen, bin noch im Pyjama, so kann ich nicht in den Operationsbereich mitgehen. Ich ziehe ihm vorsichtig sein Unterhemdchen aus, während meine andere Hand ständig seine kleine Spieluhr aufzieht, damit er von Musik abgelenkt ist. „… morgen kommt der Weihnachtsmann, bringt uns seine Gaben …“

Scheiß Lied.
Stopp.
Ich läute nach der Krankenschwester. Sollten wir ihm nicht vorher noch ein Beruhigungsmittel geben?
Die Schwester ist genervt, dabei ist es erst sieben Uhr in der Früh.
Durchatmen und Ruhe bewahren, schießt es durch meinen Kopf.
Sie müsse erst in der Mappe nachsehen.
Das war doch vor jeder Operation so?
„Nein, kein Anästhesist hat eine Anweisung gegeben, vielleicht ist es auch vergessen worden."
Was heißt hier einfach vergessen worden?
„Das ist nicht wirklich das Problem der Station, sondern das der Anästhesie."
Und jetzt meines.
„Regen Sie sich beim zuständigen Arzt auf."

Ich will mich aber nicht aufregen, will mich nicht beschweren. Ich will meine Kräfte für diesen Tag bündeln, mich auf das Wesentlichste konzentrieren, nämlich auf dich. Du sollst es heute möglichst gut haben, auch wenn der Tag sehr schwierig werden wird. Was bleibt mir denn anderes übrig, als dir die Falten, die dir das Leben beschert, immer wieder zu glätten. Eine Falte kann drücken, kann zwicken und schmerzen, bis man schließlich wund liegt. Ich kann dir bei so Wenigem helfen, aber die Falten, die bügle ich dir alle weg. Versprochen.
Dabei hatte ich mich auf diesen Tag ganz besonders vorbereitet. Habe vier Wochen gefastet. Kein

Alkohol, keine nervigen Filme, gute Literatur, Hesse, Rilke und Torberg. Was kann ich denn schon anderes tun, als mich mit Poesie, mit Worten abzulenken, wenn die Wirklichkeit eine andere ist. Zumindest anders als ich es mir ausgedacht hatte.

Worte können wie Wundpflaster wirken. Sie bedecken meine Wunden, reißt man sie mir auf, so lese ich sie wieder zu.

Ich will stark sein, nicht gleich losheulen, wenn es losgeht.

Ich gehe mit dir diesen Weg und möchte diszipliniert leben. Lebe Gewohnheiten in einem anderen Licht, versuche alle Dinge zu vermeiden, die zusätzlich zur Last werden könnten. Ich habe auch versucht zu beten, weiß aber nicht, ob das wirklich helfen kann. Nur auf die Zigaretten, mein kleiner Schatz, leider konnte ich auf sie nicht verzichten, obwohl ich weiß, dass ich irgendeinmal aufhören muss. Wer sollte sich um dich kümmern, wenn ich krank werde?

Ich bin unverbesserlich und dumm. Ja dumm, habe mich die letzten Monate in Sicherheit gewogen und den Worten der Neurochirurgen wenig Beachtung geschenkt. Es könnte wieder passieren, wieder und wieder. Ich hatte dich endlich in meinen Händen zu Hause und konnte für ein paar Momente wieder Alltäglichkeit schnuppern. Gott wie schön. Alle flüchten davor und ich sehne mich so nach ihr. Nach Normalität, nach dem Alltag. Nun sind wir wieder gefangen in Schmerz und dem ständigen Warten, auf einer anderen Station mit Menschen, die ich nicht kenne und die dich noch nicht kennen.

Endlich kommt die Anweisung aus dem neurochirurgischen Operationssaal, dass das Kind gebracht werden kann.
Kann mir jemand kurz Momi halten, damit ich mich anziehen kann?
„Leider nein, das Frühstück muss ausgeteilt werden."
Macht nichts, ich mache mir eigentlich die Dinge ohnehin gerne selbst.
Momi nehme ich mit ins Badezimmer, er ist sehr unruhig, er spürt meine Nervosität. Anziehen, Zähneputzen, Schminken.
Nein, ich renne nicht mit Trainingsanzug und „beschlapft" herum, ich ziehe mich bei unseren stationären Aufenthalten immer schön an. Ist mir egal, was die anderen von mir denken, eitle Ziege oder so. Ich werde mein Leid nicht zur Schau tragen. Auch wenn es bequem wäre, sich einmal gehen zu lassen.
Warum soll Leid hässlich machen? Ich wehre mich dagegen. Und das schon so lange – zu lange.

Mein Gott, Momi, was haben wir gemeinsam schon durchgemacht? Wir sind ein starkes Team geworden. Du sagst mir mit deinen Augen, was dir abgeht, und ich versuche, es dir so angenehm wie möglich zu machen. Auch wenn ich auf den Stationen bereits verschrien bin, als eine Mutter, die sich nichts gefallen lässt.

Manchmal muss ich eben Abläufe hinterfragen, an Autoritäten zweifeln oder einfach pragmatisch entscheiden, damit es dir gut geht. Oft konnte ich den Mund nicht halten und schrie die Ärzte an, wollte ja nur fragen, was möglich und was nicht möglich ist. Du kannst ja noch nicht sprechen, hast nur deine Augen zum Reden. Und deine Augen sind so schön. Schwarz und groß, dunkel wie das Meer. Ich kann in dich eintauchen wie in einen dunklen See.
Ich bin zu leidenschaftlich, sagt dein Vater, und meint damit cholerisch. Wenn ich aber in deine schönen dunklen Augen eintauchen kann, werde ich wieder ruhig. Es ist wie an einem heißen Sommertag, wenn sich der Körper nach einer kühlen Pause sehnt. Eintauchen und versinken. Und vergessen.
Ich habe als Kind oft Ertrinken gespielt. Ich ließ mich im Wasser treiben und stellte mir vor, ich könnte in eine andere Welt versinken. Ich war die Königin der Stille und der Erhabenheit. Ich konnte es bestimmen. Erst wenn sich in meinem Kopf alles drehte, erst dann öffnete ich meine Augen, hob meinen Kopf an die Wasseroberfläche und atmete tief durch. Ich konnte über Leben und Tod entscheiden, denn ich war die Königin.

Ich bin nicht Königin der Erhabenheit geworden. Verzeih mir meine Zweifel und meine Bitternis. Deine Augen sind so fröhlich und munter und zeigen mir immer wieder, dass du mir meine Unvollkommenheit verzeihst.

Singen wir miteinander ein Liedchen, aber kein weihnachtliches, ein schönes, ein lustiges? Schau, jetzt kannst du wieder lächeln und hast den Schmerz mit den Nadeln schon vergessen.
Ich muss dir dieses hässliche kleine Kleidchen jetzt anziehen, der Operationsgehilfe ist schon unterwegs. Jetzt muss es schnell gehen. Endlich bin ich fertig. Es kann losgehen.
Alle grüßen noch aus dem Zimmer und wünschen dir das Allerbeste. Wir gehen zu unserer Hinrichtung. Die Schwestern schicken uns mitleidvolle Blicke hinterher.
Wie ich das hasse. Armes Kind, tapfere Mutter. Alle sind wir tapfer, du, deine drei Brüder, dein Vater. Die Großeltern, die Freunde, die Bekannten. Alle, die an dich denken und für dich beten.

Während wir die langen Gänge entlang gehen, kann ich an gar nichts mehr denken. Ich flüstere dir ständig „*Gegrüßet seist du Maria*“ in die Ohren. Es tut dann nicht mehr so weh. Der Krankenpfleger, der uns begleitet, scheint sich zu wundern, ist mir aber egal. Du verstehst. Immerhin heißt du ja auch nach ihr. Moritz Maria. Unüblich für einen Knaben. Ein Mädchenname.
Sollte es einen Gott geben, sollte das alles einen Sinn haben, dann in diesem Namen. Kinder suchen sich keine Namen aus, sie sind ihnen gegeben. Heißt es. Ich wollte ihn damit bestechen, er aber ist unbestechlich und unbarmherzig.
Das sage ich auch diesem Pfleger, als er mich fragt. Eigentlich ist er ganz nett. Er bemüht sich um mich

und versucht mich zu beruhigen. Wie kann er nur? Warum erzähle ich ihm im Gehen unsere Geschichte? Es kann ihm ja egal sein, er macht nur seinen Job. Ein Redeschwall ergießt sich über ihn. Es tut mir leid, ich kann nicht anders. Er ist für mich so unbedeutend wie ein Stück Holz und trotzdem rede und rede ich. Es ist mir peinlich, aber ich rede weiter und er hört zu.
Irgendwie erlösend, so ein Gefühl hatte ich nur bei der Beichte in meiner Schule. Der Pfarrer musste zuhören, und ich hatte dadurch Macht über ihn. Auch wenn alles gelogen war, denn was sollten wir Kinder schon beichten? Lauter Blödsinn und danach die Absolution.
Hier ist nichts gelogen, sondern alles ehrlich und leider wirklich.

„Ich heiße François und komme aus Frankreich", sagt er plötzlich, als mein Redeschwall endet. Seine Stimme klingt sanft.
Es liegt nicht an mir, wahrscheinlich an deinem freundlichen Wesen oder deinem hübschen Aussehen, wenn ich mit dir zusammen bin, dann ist man jedenfalls ganz besonders nett und bemüht. Sogar dieser Operationsgehilfe, der eigentlich nur dein Gitterbett in den Operationssaal schieben müsste.
Wenn du nur besser sehen könntest, Momi, dieser François schaut sehr lustig aus. Er ist sehr dick, eigentlich kugelrund und trägt einen Bart. In seiner Stimme schwingt ein französischer Akzent mit. Das finde ich nun doch sehr charmant.

Wir stehen vor einer Tür und müssen warten. Er meint, wenn ich Lust dazu habe, dann solle ich weiterbeten, das störe ihn nicht, er fände das sogar sehr wichtig.
Ich kann es nicht mehr, meine ich, mir fehlt nun die Geduld dazu.
Und plötzlich wird es ganz still. Er fängt zu beten an. Murmelt die Verse dahin, als wäre es das Selbstverständlichste auf der Welt. Ich fühle mich in diesem Moment das erste Mal an diesem Tag verstanden. Er macht es für mich und für dich, obwohl er dich ja gar nicht kennt. Ohne Beruhigungsmittel wirst du ganz still.
Ich schließe die Augen und beuge mich über dich, nehme dich noch einmal zu mir und umarme dich, es ist ein Abschied.
Ich versinke wieder in deinen Augensee. Ich höre keinen Lärm, keine Geräte, höre in dich hinein und schließe die Augen.
Das sanfte Murmeln meines Begleiters hat aufgehört. François ist längst nicht mehr da.
Die Tür geht auf.

Die Anästhesistin ist reizend und sehr bemüht. Lange reden wir über dich. Endlich hast du ein Beruhigungsmittel bekommen, obwohl du keines mehr brauchst. Die sanften Gebete von François haben uns Angst und Nervosität genommen.
Das Beruhigungsmittel beginnt zu wirken, deine Augen strahlen verklärt und heiter. Mir schießen die Tränen in die Augen. Ich muss mich bemühen,

den Erklärungen der Anästhesistin zu folgen. Sie müsste dir einen zentralen Zugang legen, damit das postoperative Antibiotikum leichter gegeben werden könne. Außerdem würde sie eine adäquate Schmerztherapie verordnen.
Gott sei Dank, wenigstens brauchst du nachher nicht so leiden. Ich nicke dankend.
Sie nimmt dich zu sich und streichelt dich zärtlich. Wahrscheinlich hat sie selbst Kinder, fühlt meine Angst und will sie mir damit nehmen.
Was bleibt ihr anderes übrig, als ständig zu betonen, es würde schon alles gut gehen. Es wäre ein Routineeingriff.
Nichts ist Routine. Heute ist deine elfte Operation. Immer wieder sprach man von reiner Routine. Diese beiläufigen Floskeln, es würde schon alles wieder gut werden. Die tun in diesen Momenten besonders weh. Es kann so viel passieren. Allein die Vorstellung macht mich verrückt. Nach deinen zwei Gehirnblutungen versuchte man immer wieder mittels Katheter die Gehirnflüssigkeit in deinem Kopf in ein kommunizierendes System zu bringen. Leider hat es bisher nicht funktioniert. Man muss es aber immer wieder probieren, sonst ... ich kann nicht weiterdenken.

Hoffentlich hatte die Neurochirurgin eine angenehme Nacht und ihre Hände sind ruhig.
Gestern habe ich lange mit ihr über dich geredet. Sie ist eine hübsche Person, ich mag sie, sie wirkt ein wenig arrogant, aber sie hat uns in ihr Herz geschlossen, das spüre ich, auch wenn sie es nie

zugeben würde. Trotzdem habe ich Angst vor ihr und vor ihren Prognosen über dich.
Sie redet über dein Gehirn in einer Leichtigkeit, die nur jemand besitzen kann, der keine Angst vor der Zukunft hat. Es betrifft sie ja auch nicht.
Das Personal hier auf der Station hat mir bestätigt, sie sei die Beste in ihrem Fach. Das weiß ich, wir kannten sie ja schon von deinen Aufenthalten auf der Intensivstation. Vielleicht mag ich sie so besonders, weil sie eine Königin ist. Sie ist wirklich erhaben. Ich nicht. Ihre Hände, ihre Schuhe, immer passend zu den Strümpfen, alles an ihr ist perfekt. Sogar der Lippenstift ist mit dem Schmuck abgestimmt.
Ich habe sie aber noch nie lachen gesehen. Wahrscheinlich gibt es ja auch nichts zu lachen. Wenigstens ein Attribut, das wir gemeinsam haben.
Ich erzähl dir lauter unwesentliche Dinge. Ist im Leben nicht alles wesentlich oder unwesentlich? Irgendwann habe ich vergessen, einen Unterschied zu machen.
Momi, du hast schon so viel ausgestanden, zeige heute auch dein Durchhaltevermögen. Du bist so stark, Moritz Maria. Gott steh uns bei!

Die Ärztin nimmt dich mir aus der Hand. Sie müsse jetzt gehen.
„Ruhen Sie sich ein wenig aus, heute wird es ein langer Tag."
Ich weiß es.
Die Türen gehen auf.

Ungern gebe ich dich her, zeichne dir mit meinen zittrigen Fingern ein Kreuz auf deine Stirn.
Die Türen gehen zu.

Ich stehe allein im sterilen Vorraum des neurochirurgischen Operationsbereiches. Niemand sieht mich. Kein Arzt, kein Student, keine Krankenschwestern, nur kalte weiße Wände. Meine Beine fangen zu zittern an und ich rutsche die Wand hinunter. Endlich kann ich heulen. Disziplinlos. Ich muss niemandem etwas vormachen. Und kann endlich der sein, der ich bin. Ungeschminkt.
Ich musste dich hergeben und muss vertrauen. Vertrauen, dass alles wieder gut geht.
Nicht enden wollendes Warten. WARTEN, auf dich. Auf dass die Zeit vergeht, und doch bleibt sie für mich stehen.
WARTEN auf eine Entscheidung. Warten, dass ein Eingriff gelingt, der dir ein halbwegs angenehmes Leben ermöglicht. Ich kann nichts anderes tun, als hoffen und warten. Unbeeinflussbar ist diese schreckliche Situation.
Wir warten, stehen an einer Lebensentscheidung, entweder hier oder dort. Ich weiß es nicht. Bin angewiesen auf diese Königin, auf dein Durchhaltevermögen, auf Gott.
Oft bin ich des Wartens müde, es sollte endlich für dich Schluss sein, für dich und deine ganze Familie. Kein Schmerz mehr, kein zusätzliches Leid.
Die anderen Kinder brauchen mich ja auch. Bin ständig mit dir in den Krankenhäusern und kann mich nicht mehr richtig um sie kümmern.

Einige Besserwisser meinen, ich sollte mehr Geduld haben. Mehr Vertrauen ins Leben. Habe ich das nicht schon tausendfach bewiesen? Du weißt es. Beide wissen wir es.

Anfangs durfte ich nur in den Inkubator schauen. Ich durfte dich nicht einmal berühren. Das war wohl die schmerzlichste Zeit in meinem Leben. Zu wissen, dass du mich so brauchen würdest, meine Berührungen, meinen Duft, meine Gefühle, meine Wärme, und ich durfte dich nicht angreifen. Dann diese schrecklichen Gehirnblutungen. Es war ein Schock. Eine Welle spülte mich einfach weg.
Du lagst aber immer in diesem Bettchen wie ein kleiner Engel. Alle Ärzte meinten, du könntest dieses Ausmaß an Beeinträchtigungen nicht überleben. Wir sollten dich in Frieden und Würde sterben lassen. Du hingst an tausend verschiedenen Kabeln und Maschinen, an der Beatmung, die dir den Takt zum Atmen vorgab. Irgendwann öffnetest du dann deine Augen und sahst mich an. Und ich wusste, du wolltest hier bleiben.
Diese kleinen schwarzen Augen und ein Lächeln. Nein, du wolltest leben. Du hattest einen Auftrag, nur welchen, wusste ich damals noch nicht. Ich sah nur dich. War in dich verliebt.
Es schossen mir die Tränen in die Augen, wenn ich abends die Intensivstation verlassen musste. Stündlich rief ich die Schwestern an und erkundigte mich nach deinem Befinden. Ich sollte warten, sollte Geduld haben, so etwas habe man ei-

gentlich noch nicht gesehen bei einem Kind. Zwei derart massive Gehirnblutungen. Die Befunde waren entsetzlich, deine Perspektiven für die Zukunft mehr als unklar, und doch lagst du da in deinem Bettchen, wunderschön und rosig, wie wenn nichts geschehen wäre.
Ich wartete und wartete, so wie ich es jetzt immer noch tue.
Du wolltest nicht warten. Ich war erst im sechsten Monat und du wolltest aus meinem Bauch. Plötzliche Wehen, Kaiserschnitt. Es gab auch bei mir Komplikationen, bin dreimal operiert worden. Ich aß geheim ungeheure Mengen an Schmerzmitteln, die ich mir von zu Hause mitnahm, damit ich bei dir bleiben konnte.
Einige Ärzte konnten es nicht glauben. Da lag ein kleines Wesen, das wohl die schlechtesten Voraussetzungen für ein Leben hatte, und kämpfte und kämpfte. Wie ein kleiner Ritter. Fast blind durch den Sauerstoff der Beatmungsmaschine und doch bereit, lächelnd das Leben zu leben, das ihm bestimmt war.
Wen Gott liebt, den prüft er, höre ich meine Mutter sagen. Auch meine muslimische Nachbarin im Zimmer meinte, es sei eine Gnade, von Gott erwählt zu werden. Viele Menschen kämen sie besuchen, um an dieser Gnade, an ihrem Leid teilzuhaben.
Es ist wie Weihnachten, eine Lüge.
Lasst doch Gott aus dem Spiel, denn es ist ein Böses. Wie kann ein krankes, um sein Leben kämpfendes Kind Gnade sein?

Ich wollte immer nur bei dir sein und mit dir den Weg gehen, den du mir vorgeben solltest.
Und nun stehe ich wieder an so einem Wendepunkt. Ich fürchte mich vor dieser Operation ganz besonders. Man hat uns Eltern über die Risiken dieses Eingriffs aufgeklärt. Man würde diesmal versuchen, den Hinterkopf zu öffnen und die Häutchen, die sich durch die Gehirnblutungen ergeben hätten, zu lösen. Ein Eingriff, den man ungern, aber doch machen müsse, damit das System in deinem Kopf wieder funktionieren würde.
Was soll ich denn anderes tun, als es zuzulassen? Es war notwendig geworden.
Wir haben lange vorher überlegt, hinausgezögert und gewartet, weil es dir so gut ging.
Du hattest angefangen, deine Umwelt differenziert und positiv wahr zu nehmen, dein Lachen, dein Strampeln, dein Spielen verzückte uns alle und gab uns in der Familie wieder einen Hauch an Normalität und willkommenem Alltag. Ja, du hattest deine Problemchen, doch wir konnten sie gemeinsam meistern.
Bis dann die Anfälle begannen. Epilepsie. Dein ganzer Körper verkrampfte sich und zappelte für ein paar Sekunden. Du schwebtest weg in eine andere Welt. Die Augen verdrehten sich und du schriest wie ein Tier. Wir mussten etwas tun, da war kein Entscheidungsspielraum mehr. Vielleicht kannst du irgendeinmal verstehen, dass dein kleines zartes Leben immer mit Schmerz verbunden ist.
Wenn alles vorbei war, hast du sofort wieder an-

gefangen zu lachen. Du hast gesungen und uns, deine Familie und ganze Stationen in den Krankenhäusern unterhalten.
Man fragte sich oft, was ist das für ein Kind, fast blind, grauenvolle Operationen hinter sich, und kann trotzdem lachen. Man freute sich bereits auf dich.
„Da kommt der kleine Momi, da wird es wieder fröhlich auf der Station."
Und wirklich war es so. Kinder, Erwachsene, Ärzte, Krankenschwestern kamen zu dir ans Bett und beäugten dich. Das konnte ja nicht normal sein, dass ein Kind so reagieren würde. Aber was ist schon normal?
Vielleicht hast du in dieser Zeit die Welt ausgelacht und wir haben es alle nicht bemerkt. Mich als Mutter, die sich so viele Sorgen machte, deinen Vater, deine Brüder, deine Großmütter, die Ärzte und Krankenschwestern. Vielleicht aber hast du auch über die Geschichten gelacht, die ich dir über das Leben erzählt habe. Eigentlich lauter schöne Geschichten.
Geschichten über Freundschaften und Liebe, über Hass und Hinwendung, über Alltäglichkeiten, alles habe ich dir erzählt. Vielleicht findest du das alles wirklich lustig und humorvoll. Egal aus welchen Motiven du es tust, es tut den Menschen gut. Sie kommen zu dir, um dich zu sehen.
Es tut mir so leid, dass ich an dir gezweifelt habe. Ja, ich wollte ein normales, ein gesundes Kind. So wie tausend andere Mütter auch. In unsere perfekte kleine Welt passte keine Unvollkommenheit.

Der Gedanke an eine mögliche Behinderung schnürte mir lange die Kehle zu.
Die mitleidvollen Blicke der Nachbarn. Gott, wie ich sie hasse. Ihr Mund bedauert, aber ihre Augen sind froh, dass nicht ihre Kinder betroffen sind.
Auch habe ich von Leuten gehört, die meinten, so etwas wie du sollte eigentlich gar nicht leben. Man wüsste ja im Vorhinein von den möglichen Einschränkungen, die ja auch etwas kosteten und für die dann die Allgemeinheit aufkommen müsste. Man empfand Mitleid und gleichzeitig Abscheu vor dieser Unvollkommenheit, zumindest vor den Kosten.
Ich kann diese Menschen nicht verstehen. Ich weiß, du findest, ich bin bitter geworden, nein, meine Sichtweise ist vielleicht klarer und weniger verlogen.
Der Gedanke an eine mögliche Behinderung stört mich nicht mehr, ich suche jetzt nach Lösungen, nach anderen Therapieformen, die dir gut tun. Ich lasse mich nicht mehr von herzlosem Geschwafel irritieren und aus der Fassung bringen. Schade um jeden Funken Energie, sie sind es nicht wert.
Ich habe durch dich neu sehen gelernt.
Konnte durch dich tolle Freundschaften mit Ärzten, Krankenschwestern und mit anderen Eltern schließen. Ohne dich hätte ich diese Menschen nicht kennen gelernt. Dafür bin ich dir sehr dankbar.

Jetzt sitze ich da am Boden, denke an dich und bewundere dein Verhalten. Ich werde aufstehen,

mein Gesicht waschen und weitermachen, ich habe es dir hundertmal versprochen.
Aber du, du kleines liebes Wesen, mein Leben, du musst weitermachen, was wäre ich denn ohne dich? Du bist für viele Menschen zu einem Vorbild geworden.
Denke nur an deine Großtante Monika, sie hatte einen Schlaganfall und wollte nicht mehr leben. Doch durch dich und durch deine unbeugsame Kraft hat sie nicht aufgegeben, sondern weitergemacht, ihre Therapien absolviert und ein neues Leben begonnen.
Da waren aber auch Kinder mit uns auf der Intensivstation, die kämpften so wie du, überlebten die Operationen und starben dann nicht aufgrund ihrer Erkrankung, sondern aus Erschöpfung. Es hieß dann *unvorhersehbare Komplikationen*.
Die Ärzte hatten alles Erdenkliche getan. Unsere kleinen Freunde starben aber an einer anderen Sache. Unvorhersehbar und plötzlich. Jakob, Yunus, Isabelle und Manuel. Da haben wir Eltern um euch gekämpft wie die Löwen, und dann sterbt ihr an einem Schnupfen, an einer Kleinigkeit. Warum tut ihr uns das an?
So viele Bücher kann ich nicht lesen, so viele Wörter gibt es nicht, die diese Wunden bedecken könnten.
Das Leben ist nicht fair. Viele Fragen darf man sich nicht stellen. Warum ich, warum trifft uns gerade dieses Leid? Warum müssen du und diese Kinder solche Krankheiten erleiden? Was hat das alles überhaupt für einen Sinn? Macht es uns wirk-

lich denkender oder menschlicher, führt es uns näher zu Gott? Oder empfindet man nur mehr Bitternis und Trauer?

Momi, ich sitze hier und warte auf dich vor dieser sterilen und hässlichen Tür. Ich will nicht, dass du brichst, will haben, dass du das Leben kennen lernst. Ein Leben, das nicht aus Nadeln und Schmerz besteht. Ein Leben, das dir entgegenlacht. Frech und schön zugleich.
Einmal hat mir ein Arzt gesagt, dass sich ein Kind so entwickeln wird, wie man es sich in Gedanken ausmalt. Ich schloss damals die Augen und sah dich in unserem Frühlingsgarten.
Du ranntest ohne Schuhe durch die Wiese und spieltest in deiner Sandkiste. Ich wollte dich nicht stören und sah dir vom Küchenfenster aus zu, während ich für dich und die anderen Kinder das Mittagessen zubereitete. Du warst so glücklich. Der Hund war bei dir und passte auf dich auf. Deine Brüder spielten neben dir, du warst in Sicherheit und in deinem kleinen Glück.
Tausendmal sehe ich dich so und wünsche es mir sosehr.
Dass du den Duft des Magnolienbaumes riechen kannst, der neben deiner Sandkiste blüht. Dass du in der Hängematte liegend die reifen Kirschen zählen kannst, die über dir baumeln. Wissend, dass du sie alle verspeisen kannst.
Dass du dir die ersten Schrammen beim Radfahren holst und dich weinend von mir versorgen und trösten lässt, dass du stolz sein kannst, wenn du

den Weg in den Kindergarten ohne Mama alleine im Bus bewältigst.
Ich will dein Lachen spüren, wenn du eine schöne Musik hörst, und mich freuen, wenn du dein erstes Wachsmalkreidenkunstwerk auf die weiße Wand im Elternschlafzimmer malst.
Ganz beiläufig kannst du den Duft des Lebens riechen, während du dich auf ganz andere Sachen konzentrierst.
Du wirst dich an die Schulter deines älteren Bruders schmiegen, wenn du dich vor dem donnernden Gewitter fürchtest. Er wird dir dann ein großes Eis bringen, sich selbst eines gönnen, dir erklären, warum es Gewitter gibt. Ihr werdet unter dem großen Vordach der Veranda sitzen, mit eurem Eis in der Hand, und du wirst dich bei ihm sicher fühlen, wirst verstehen lernen und deine Angst überwinden.
Du wirst mit deinem anderen Bruder spannende Fußballspiele erleben. Er wird dich in die Fußballliga einführen. Du wirst schreien und die Spieler anfeuern. Er wird dir erklären, dass du selbst wegen deines Kopfes nicht spielen darfst, aber dir gleichzeitig klar machen, dass es nicht nur Spieler, sondern auch Zuschauer geben muss. Dass eben diese so wichtig sind, sonst würde ja keiner spielen. Du wirst das erste Mal kotzen von den Kartoffelchips und den Coca-Cola-Mengen, die du trinken wirst, er wird dir schnell einen frischen Pullover anziehen, damit ich nichts merke. Es wird euer kleines großes Geheimnis bleiben und du kannst Geheimnisse behalten.

Du sollst mit deinem dritten Bruder die Natur ergründen. Er wird dir die besten Plätze zum Beobachten zeigen, wo man Füchse und Dachse sehen kann. Er wird dir erzählen, dass es nicht günstig ist, in die Hummellöcher am Bach zu graben. Er wird dich das erste Mal mitnehmen, wenn eine Kuh kalbt. Du wirst am Fuß des Kalbes mitziehen dürfen, wenn es den Bauch der Mutter verlässt, und dem Jungen einen Namen geben dürfen.

Ihr werdet gemeinsam Kröten fangen und sie im Garten der Nachbarn freilassen, um sie später für Geld wieder einzufangen. Mich werdet ihr aber nicht übers Ohr hauen, denn ich fange sie selbst.

Du wirst mit ihm unangeschnallt im Auto fahren, um der Mutter eines auszuwischen. Du sollst unfolgsam sein dürfen.

Du wirst mit Luftballonen vorm Universitätsgebäude stehen und dich freuen, wenn dein älterer Bruder seinen Doktortitel überreicht bekommt. Wirst zwar nicht verstehen, was die ganze Aufregung bedeutet, dein Bild wird aber als Erstes in seiner Ordination hängen. Du hast ihn verändert, er hat am meisten durch dich gelernt, keine medizinische Fachzeitschrift wird für ihn so wichtig sein, wie deine Bemerkungen über die Menschen. Er wird danach handeln. Ich weiß es.

So wie du ihn jetzt schon am Gängelband hast und er irrsinnig glücklich ist, wenn du ihn in die Nase beißt.

Papa hat dir auch versprochen, dass er sein Arbeitspensum reduzieren wird. Gott sei Dank kamst du, kein anderer Mensch hätte es geschafft, ihn

aus seinen Verpflichtungen zu reißen. Deine Krankheit hat vieles in seinem Leben relativiert. Kein noch so lukrativer oder prestigeträchtiger Job kann ihn nun erfüllen. Vielleicht wäre alles ganz anders gekommen, wenn du ein normales, ein gesundes Kind geworden wärst.
Viele Menschen haben wir durch dich kennen gelernt. Menschen, die du und nur du so an dich bindest. Teilweise haben sie angefangen, wieder zu beten, oder zumindest bitten gelernt.
Es hat sich vieles verschoben, vieles ist verrückt geworden durch dein Anderssein.
Deine schönen Augen lassen die Menschen wieder Dinge sehen, die sie zuvor nicht sahen oder nicht sehen wollten.
Sogar im Krankenhaus konnten die Menschen nicht an dir vorübergehen. Es ist nicht nur deine Krankheit, die dich so interessant macht, es bist du selbst, dein Wesen, vielleicht auch dein Name. Es kann niemand am Leben vorbeigehen.
Da steckt etwas Besonderes in dir. Eine unbeugsame Kraft geht von dir aus. Sie irritiert und das ist gut so. Sollen doch die Menschen ein bisschen mehr zu denken anfangen und sich dessen bewusst werden, warum sie leben und was ihr persönlicher Auftrag ist.
Vielleicht kann man die Welt nicht verändern, aber du hast sie für uns trotz des Schmerzes und des Leides sehr schön gemacht.
Ich möchte nichts missen. Die vielen interessanten Gespräche, die Auseinandersetzungen im Krankenhaus, das Bewusstmachen mangelnder

Kommunikation, die hunderten Gespräche mit Müttern und Vätern, die auch um ihre Kinder kämpfen, die es ihnen so angenehm wie möglich machen wollen. Von den vielen Bemühungen und der sinnlosen Bitternis.

Du verstehst das, dass ich jetzt da am Boden sitze und weine. Ich weine aber nicht nur aus Unglück oder Selbstmitleid.
Ich weiß nicht, wann für mich das Ende ist oder für dich. Immer sollten wir darauf vorbereitet sein. Ich heule, weil ich weiß, dass du nach der Operation wieder Schmerzen haben wirst und ich sie dir nur bedingt abnehmen kann. Was immer in meinen Möglichkeiten steht, ich werde es für dich tun. Vieles musst du alleine durchstehen, und das ist schrecklich grausam.
Der Raum ist jetzt nicht mehr so steril, wenn ich an dich denke. Ich weiß, dass du meine Gedanken spürst. Von mir bekommst du ganz schöne.
Ich bin glücklich, auch mit mir alleine. Früher hätte ich mich mit irgendetwas abgelenkt, aber heute kann ich in Ruhe mit mir und mit meinen Gedanken alleine sein.
Ich hoffe nur, dass endlich diese Tür aufgeht und man mir berichtet, dass alles wieder gut gegangen ist. Ich würde es mir so wünschen.
Oft genug kam man bei dieser Tür heraus und sagte betroffen: „Wir haben eine gute und eine schlechte Nachricht." Ich wollte immer sofort die schlechte hören, damit dann das Positive überwiegt. Nach den ersten schwierigen Operationen

habe ich aber gelernt, zuerst die positiven Informationen zu hören, alles andere würde sich dann schon mit viel Geduld, viel Zuwendung, viel Liebe ergeben.

Vier Stunden sind bereits vergangen und ich warte immer noch. Vielleicht ist etwas passiert? Vielleicht löste die Operation eine neuerliche Gehirnblutung aus?
Dieses Warten zermürbt und lähmt.

Wir hatten in unserer Schule lange Gänge und in der Aula, in der wir uns täglich zum Gebet versammeln mussten, stand eine riesige Marienstatue. Sie hatte sieben Messer in ihrer Brust stecken. Ich hasste dieses Bild. Sie war so jugendlich schön und unschuldig, und immer war da dieses in den Himmel gebeugte Gesicht, das dankbar den Schmerz ertrug. Ich konnte mir nichts dazu vorstellen, und eigentlich war ich immer froh, wenn ich um diese Statue einen Bogen machen konnte, um sie nicht sehen zu müssen.
Heute verstehe ich dieses Bild einigermaßen. Ich verspüre auch diesen brennenden Schmerz in mir, wenn ich an deine Krankheit und an dein Leiden denke. Es reißt mir die Seele auf.
Das Warten ist auch so ein Dolch. Ich bin nicht wie diese engelsgleiche Statue, blicke nicht dankbar in den Himmel und ertrage mein Leid, ich bäume mich auf. Obwohl ich versuche, durch Hoffen mein Warten erträglicher zu machen, so ist es für mich ein vorgezogenes Sterben. Ein Sterben in

langsamen Raten. Die Zeit verrinnt nicht und vergeht doch so schnell. Bedeutungslos werden Zeit und Raum. Ist es das, was ich durch dich erfahren sollte? Ist das der Sinn, den ich aus diesem Schicksal, das mit dir so verbunden ist, lernen soll?
Ist es eine Prüfung, die ich meistern muss? Was ist, wenn ich versage, wenn die Last mich erdrückt? Was hat Gott denn davon, wenn er mein Versagen, mein langsames Sterben genüsslich verfolgt? In diesen Momenten verliert sogar das Leben seine Bedeutung.

Als du noch als kritische Frühgeburt in der Intensivstation lagst und ich abends alleine heimfahren musste, riss mich die Trennung von dir jeden Tag in den Abgrund. Ich wollte dich nicht deinem Schicksal alleine überlassen. Du warst so unschuldig und doch zu einem grausamen Leben verpflichtet, und ich konnte so wenig für dich tun. Ich musste täglich über eine große Brücke fahren und dachte mir oft dabei, dass es bei dieser Geschwindigkeit nur eines kleinen Ruckes, eines kleinen Schwenks mit dem Lenkrad bedurfte, um in eine andere Wirklichkeit zu gelangen. Eine Wirklichkeit, die für mich erträglicher wäre. Du wärest mir bestimmt nach kurzer Zeit gefolgt. Ich wünschte mir das hundertmal. Ein kurzer Schmerz und Ende.

Ich habe keine Angst vor der Zukunft, habe keine Angst vor dem Grad deiner möglichen Behinderung. Ich habe Angst vor diesem Warten, vor die-

sem langsamen Dahinsiechen, dem Nichtstunkönnen bei diesem Warten auf Leben oder Tod.
In Gedanken hatte ich mich oft für den Tod entschieden, weil ich nicht mehr warten wollte.

Das Leben bietet uns Menschen unterschiedlichste Formen des Wartens. Ich habe sie alle kennen gelernt.
Ich durfte auf Menschen warten, die mir unsagbar viel bedeuten. Da verging auch kaum die Zeit. Eine geistige und fast schon schmerzhafte Spannung schnürt einem dabei den Atem ab. Und dann der Moment: er oder sie sind da. Tief empfundene Umarmung, ein Kuss, Hingabe und Erfüllung. In diesen kleinen und kurzen Momenten tauche ich ins Leben. Bereit, sich erfüllen zu lassen.
Jede Schwangerschaft hat das in mir bewirkt. Zuerst nur eine Vorstellung, dann ein Bild, die ersten Bewegungen, die Vorbereitungen auf die Geburt. Unsagbarer Schmerz und dann diese befriedigende Erlösung. Leben.
Als mein Vater, dein Großvater, starb, war es ähnlich. Er wollte immer als „Rennfahrer sterben, schnell und schmerzlos“, er wollte nie siechend von jemandem abhängig sein oder gar als Pflegefall enden. Er starb auch so, schnell und schmerzlos. Ich bin überzeugt, man hätte ihm nach seinem Herzinfarkt helfen können. Er wollte aber nicht. Er lebte sein Leben maßlos und intensiv, und ich bewunderte ihn dafür. Er ließ seine Familie nicht warten. Zwei Tage konnte ich seine Hand halten und wusste, ich müsste ihn gehen lassen. Dieses

Warten auf den Tod war nicht erdrückend und lähmend, sondern das Leben pur.
Natürlich war ich traurig, als er starb, aber ich hatte die Genugtuung, dass er ein herrliches und intensives Leben gelebt und es geliebt hatte.
Ich rede heute noch mit ihm, wenn ich an seinem Grab stehe, und oft musste ich dieser Verlockung widerstehen, nicht auch zu ihm zu gehen. Ich tat es nicht. Aber nicht weil nur Gott über Leben und Tod entscheiden darf. Nein, ich tat es nicht, weil ich in diesen Momenten die Gesichter deiner Brüder vor Augen hatte, die diesen Schritt nicht verstanden hätten. Vielleicht später, aber nicht in ihrem Alter.
Zum Zweiten wollte ich mich nicht beugen, nicht dem Schicksal und nicht diesem Gott, der uns das angetan hat. Ich war und bin nicht Maria, nicht diese Figur, die hingebungsvoll leiden kann. Du zwingst mich nicht in die Knie, du erbarmungsloser Gott. Mit Franziska kannst du das nicht machen.
So sitze ich hier auf dem kalten Boden und warte. Vielleicht ist dieses Warten seine Antwort auf meine Unbeugsamkeit.

Die Ganguhr tickt gnadenlos, es sind bereits sechs Stunden vergangen. Die Kälte des Bodens verursacht Schmerzen in meinen Gelenken. Ich stehe auf, gehe im Kreis und lasse meine Augen durch den Raum schweifen.

Eine Tür geht auf.

Es ist François, der Pfleger.
Es ist angenehm, endlich eine bekannte Person zu sehen. Vielleicht ist er mir deswegen vertraut, weil ich ihm schon etwas von unserer Geschichte erzählt habe.
Auf seine Frage nach meinem Befinden antworte ich ehrlich: „Beschissen."
Kein mitleidvoller Blick, kein über die Schultern streicheln. Gott sei Dank. Ich will weder berührt werden, noch tröstende Worte über mich ergehen lassen.
„Sie wollen sicher einen Kaffee."
Ich bejahe. Doch ich habe kein Geld dabei.
„Ich mach das schon für Sie."
Kein dummes Gerede, keine Erklärungen, die Situation ist schwer genug und François spürt das. Es sollte mehr solcher François geben, die nicht dämlich fragen, sondern einfach handeln.
Ich genieße den Kaffee aus dem Plastikbecher. Er vertreibt mir den bitteren Geschmack aus meinem Mund und aus meinen Gedanken.
„Besser?"
„Ja."
„Gehen Sie auf die Toilette und rauchen eine Zigarette."
„Wie bitte?"
„Ist doch gut zu einem Kaffee. Dort gleich neben dieser Tür."
Wie in der Schule. Heimlich. Und verboten. Verdammt. Ich sollte bei der Tür stehen und auf meinen Sohn warten. Aber es ist gut. François wartet statt meiner.

„Sie sind eine sehr starke Frau. Sie werden sehen, das Warten wird zu einem Bestandteil ihres Lebens werden. Sie haben Geduld. Das spüre ich, und sie werden lernen, diese Duldsamkeit zu nützen, um diesen Zustand zu ertragen. Sie werden lernen, diese Tugend wachsen zu lassen, um mit dieser grausamen Unvollkommenheit des Lebens zu leben.
Alles braucht seine Zeit, sie werden einmal den Sinn des Wartens verstehen. Sie werden genau aus dieser Situation ungeahnte Kräfte entwickeln, die Sie Ihrem Kind und Ihrer Umwelt weiter geben können.
Da gibt es die Geschichte einer Palme, die muss ich Ihnen erzählen:
Ein Mensch setzte auf die Krone einer Palme einen dicken Stein. Die junge Palme wollte diesen Stein abwerfen, scheiterte aber daran. Es war unmöglich, sich dieses Steines zu entledigen. Kein Wind, kein Erdbeben, nichts konnte die Last von ihr nehmen. Die kleine Palme aber lernte, diesen Stein anzunehmen und mit diesem zu leben.
Nach vielen Jahren kam dieser Mensch wieder an die Stelle zurück und suchte nach der Palme. Mit Erstaunen musste er feststellen, dass genau diese Palme die größte und schönste in der ganzen Umgebung war, weil sie durch die Last gezwungen war, ihre Wurzeln tiefer als alle anderen Bäume in die Erde zu bohren. Glauben sie mir, auch Ihre Wurzeln werden immer tiefer, sie sind es bereits."
Es wäre so schön, wenn sie recht hätten, François.

Die Tür zum Operationsbereich geht auf. Eine Krankenschwester kommt heraus. Auf wen ich wohl warte?
Auf mein Kind.
Moritz sei längst operiert und befände sich auf der Intensivstation.
Intensivstation?
Alles Weitere sei mit der Anästhesistin zu besprechen.
Warum sagt mir das keiner? Ich sterbe vor dieser Tür tausend Tode, und niemand fühlt sich zuständig. Man hätte das Kind bereits nach drei Stunden auf die Intensivstation verlegt, aber bei einem anderen Ausgang. Keiner ging an mir vorbei. Keiner.
Mein Sohn?
Eine gute und eine schlechte Nachricht.
Zuerst die Gute. Bitte nicht schon wieder.
Die Operation sei erfolgreich gewesen, die Neurochirurgin sehr zufrieden. Bei der Aufwachphase sei es dann zu einer mehr oder weniger schwierigen Situation gekommen. Man wurde seitens der Station nicht in Kenntnis gesetzt, dass das Kind einen grippalen Infekt hatte und zu schwach war, um selbstständig zu atmen. So musste reintubiert werden. Unglücklicherweise wurden dabei in den oberen Bronchien Teile perforiert, was eine Blutung in die Lunge auslöste. Seither liegt das Kind auf der Intensivstation. Täte ihr wirklich leid, dass so etwas passiert sei. Das könne schon mal vorkommen.
Warum sagt mir das niemand? Seit über drei Stun-

den könnte ich bei meinem Kind sein und niemand informiert mich.
Sie könne im Moment leider nicht mehr sagen. Keine Zeit, es warte die nächste Operation. Alles Gute weiterhin.

Ich stehe allein in dem kahlen weißen Raum, bin froh, dass der Eingriff gelungen ist, und könnte schreien, weil ich hier sinnlos warten musste.
Sinnlos?! Wo ist eigentlich François? Ich wollte mich bei ihm bedanken, dass er mit mir gewartet und mir Mut zugesprochen hatte. Vielleicht auch nur deswegen, weil es da einen gab, der verstand, ohne viel zu reden.
Er ist weg.
Ich frage eine Krankenschwester. Es gäbe hier keinen Pfleger, der zu meiner Beschreibung passt. Und der Name François wäre ihr sicher aufgefallen.

Ich stehe an deinem Bett und kann deinen Zustand kaum fassen. Dein Köpfchen mit weißen sterilen Bandagen verbunden. Unzählige Geräte. Totale Überwachung. Bitte sei stark und bleibe bei mir.
Ich darf dich nicht berühren, sagt die Krankenschwester, das würde dich in deinem kritischen Zustand zu sehr stressen.
Es macht nichts. Wir beide haben gelernt, uns auch mit dem Atem, mit meiner Stimme und mit den Augen zu liebkosen.
Du spürst es, dass ich da bin. Ich bleibe heute bei dir. Ich werde mich nicht heimschicken lassen,

weiche nicht von deinem Bett. Ich werde auch nicht über die große Brücke fahren und mich in eine andere Wirklichkeit wünschen.
Ich werde an die Bilder denken, wie du im Garten herumtollst und an deinem Magnolienbaum riechst.
Zu Weihnachten werden ich mir einen Magnolienbaum wünschen, den ich im Frühling in den Garten setze, dorthin, wo du später einmal in deiner Sandkiste spielen wirst.

Wir zwei schlagen bereits Wurzeln, ich spüre sie schon wachsen.
Der Stein wird uns zu großen Palmen machen.
Versprochen.

3

Als sie erwachte, lag ihr Geruch noch in der Luft.
Johanna war von der vergangenen Nacht vollkommen benommen. Sie kannten sich schon lange, und doch war jetzt alles so schnell gegangen.
Ein Kaffee, Abendessen mit Klaviersonaten von Mendelson-Bartholdy, ein paar Gläser Prosecco bei den Brandenburgischen Konzerten und eine nie enden wollende Umarmung bei der Toccata und Fuge von Bach.
Bach war göttlich. Und göttlich war ihr barockes Naturell. Sie hatte von ihr das erhalten, was sie sich schon immer ersehnte. Und diese Frau versprühte ihren Geist und ihre Leidenschaft in einer Weise, die ihr den Atem nahm.
Sie wusste, es würde nie wieder geschehen, aber es war auch nicht mehr notwendig.

Johanna schlug die Decke auf und kroch vom Sofa. Die Reste ihrer Begegnung lagen noch am Boden. Leere Sektflaschen, die Gläser und der Schal ihrer Freundin.
Franziska aber war verschwunden. Und obwohl sie gegangen war, empfand sie darüber keinen Funken Traurigkeit.

Im dunklen Zimmer tastete sie sich vor und schaltete den CD-Player ein. Kanon in D-Dur von Pachelbel. Diese Musik war so friedvoll und erlösend. Endlich konnte sie verstehen und musste sich nicht mehr immer nur sehnen. Sie hatte in der letzten Nacht ihre Erfüllung gefunden, obwohl jetzt alles auf den Kopf gestellt war. Ihre Sauberkeit und ihre Ordnung waren zerstört. Johanna empfand dies als angenehm.
Als sie sich im Badezimmer im Spiegel erblickte, waren ihre Augen irritiert. Sie, die alternde Frau, war immer noch schön. Schön, weil sie endlich begriffen hatte, was Leben und Lieben bedeutete. Die tiefen Furchen auf ihrer Stirn waren nicht mehr lästig und daher mit Cremen und Make-ups zu übermalen. Heute kamen sie ihr interessant und liebenswert vor. Das erste Mal in ihrem Leben empfand sie sich wirklich schön.
Auf dem Spiegel waren mit Lippenstift die Worte „ICH UMARME DICH“ geschrieben, überdimensional mit großen Buchstaben. Johanna fand es belustigend. Sie, die immer Ordnung und Sauberkeit liebte, war berührt vom scheinbaren Chaos, das ihr Franziska hinterlassen hatte und das sie nicht mehr störte.

Kein getrockneter Tropfen hätte noch gestern auf der Duschwand oder dem Spiegel schimmern dürfen. Nach jeder Dusche, noch nass und fröstelnd, fing sie sofort an, alles mit einem feuchten Lappen zu reinigen. Sie hasste diese Schlieren und wusste gar nicht warum. Es musste alles rein und

sauber sein. Meist hinterließ sie der Putzfrau eine steril aufgeräumte Wohnung.
Emma kam einmal die Woche, um sauber zu machen. Ihre Wohnung war hell und modern eingerichtet. Die vielen Schuhe fein geschlichtet und in ihren Regalen.
Emma konnte sich bei Johanna erholen.
Sie war die Putzfrau der Familie und das schon seit Jahren. Die Mutter hatte sie ihr aufgezwungen, was sollte eine Singlewohnung schon an Arbeit bieten.
Ihre Mutter überschattete viel, trotzdem schwand mit der Zeit ihr Einfluss, und den versuchte sie mit Emma wieder zu erlangen. Zumindest konnte Emma ihr dann vom Zustand der Wohnung und vielleicht auch etwas über ihre Tochter erzählen.
Mit kriminalistischem Spürsinn wurden die Mistkübel entleert und ganz beiläufig darauf geachtet, was Johanna in der Woche weggeworfen hatte. Waren es Skripten oder Briefe, die zerrissen und nie abgeschickt wurden, oder Tampons aus dem Badezimmer?
Emma musste der Mutter alles berichten. Johanna wusste von dieser Überwachung, machte aber der Putzfrau keinen Vorwurf, sie hatte Mitleid mit ihr und mit ihrem Auftrag.
So hatte sie sich angewöhnt, nichts an Auffälligem zu hinterlassen. Sie hatte wenig Zeit, doch die, die ihr blieb, füllte sie mit Aufräumen und Putzen.
Emma wischte den Staub von den Blättern ihrer Kakaopalme, wo keiner war. Emma glättete die Falten ihres riesigen Baldachinbettes, putzte die

Gläser aus dem Geschirrspüler, die sauber waren, und ordnete die Unterwäsche in ihrem Kasten. Mit einem kleinen rosa Bändchen wurden die Stöße als Geste ihrer Zuneigung und einer gewissen Form an Entschuldigung umwickelt.
Die Bücher behandelte sie mit besonderer Vorsicht. Die Buchrücken wurden mit feinem Tuch abgewischt und mit einem Lineal in ihren Regalen gleichgezogen. Emma wusste, das Herzstück der Wohnung war Johannas Bibliothek. Hier war alles genau an seinem Platz. Johanna konnte wirklich böse werden, wenn es einem ihrer Bücher schlecht ging oder man sie unachtsam in eine andere Reihe stellte. Ihr Leben war mit dem Lineal gleichgezogen, eine Ordnung, die sie brauchte, um zu überleben.
Emma vollbrachte diese Dienste mit Liebe und Hingabe, weil sie Johanna bereits als Kind in ihr Herz geschlossen hatte. Trotzdem diente sie auch ihrer Mutter, verschwieg aber oft einen weggeworfenen Brief oder ein zweites leeres Weinglas.

Als sie geduscht hatte, hob sie den Schal auf, den Franziska vergessen hatte. Johanna roch daran, ließ sich nackt und nass ins Bett fallen, über ihr der Baldachin. Sie schloss ihre Augen und dachte noch einmal an diese Begegnung. Sie hatte sich einem Menschen öffnen können in einer Form wie es nur Kinder in ihrer Unbeschwertheit tun. Franziska würde ihre Hilflosigkeit nie gegen sie verwenden, das wusste sie und das machte sie stark.

Johanna lebte alleine. Selten nur nahm sie eine Frau mit in ihre Wohnung. Abgeschleppte und Willige, einfach nur um schönen Sex zu haben. Niemand sollte ihre kleine Welt in Unordnung bringen. Am nächsten Morgen war dann alles wieder auf seinem Platz und dem wachenden Auge Emmas entzogen.
Sie machte aus ihrer Homosexualität kein Hehl. Es ging eigentlich niemanden etwas an. Und doch fühlte sie sich von den ständig lauernden Blicken ihrer Kolleginnen und Kollegen bedroht.
Anfänglich hatte sie sich dagegen gewehrt, ging mit Männern aus und auch ins Bett. Doch sie empfand nichts dabei. Konnte und wollte sich nicht ganz hingeben. Sie versuchte es zu erzwingen, ging in verschiedenste Therapien, nichts half.
Johanna war anders, sie lernte damit anfangs still und später mit einer Portion offen zur Schau gestellten Selbstironie zu leben.
Für ihre Eltern war es ein Schock. Was nicht sein durfte, existierte nicht. Ihre Eltern sprachen nicht darüber, und trotzdem hatte sie den Eindruck, dass sie nicht mit Johanna ihrem Kind sprachen, sondern mit einer Frau, die nicht normal war.
Nicht normal, weil sie ein anderes Leben leben wollte.
Wenn sie einmal Zeit hatte und sich die ganze Familie an einem Wochenende traf, waren die Augen ihrer Schwestern und deren Männer auf sie gerichtet. Sie kam sich vor wie ein Opferlamm, das zur Schlachtbank geführt wurde. Untergriffige Bemerkungen ihrer Schwestern versuchte sie zu

ignorieren, doch sie wusste, sie war nicht eine von ihnen.
Ihre Wut konnte sie in ihrem Badezimmer auslassen. Sie putzte so lange mit ätzenden Flüssigkeiten, bis ihre Hände wund wurden.
Johanna stand immer mit einem Fuß in kriegerischen Auseinandersetzungen. Die Eltern bestimmten ihre Berufslaufbahn. Obwohl sie das Gymnasium mit Auszeichnung abschloss, durfte sie nicht Medizin studieren. Als Frau hätte man keine Chance, waren ihre Argumente, und eine Großelternschaft mit vielen Enkelkindern war der penetrantsehnliche Wunsch der Mutter. Sie wollte sich in ihren Töchtern widerspiegeln. Auch sie musste als junge Frau gehorchen und sie tat es.
Die Euphorie der Mutterschaft verfloss genauso wie die Liebe zwischen ihren Eltern und fade, gelangweilte Alltäglichkeit mit grausamen Sticheleien war die Folge. Der Vater stürzte sich in Arbeit und wichtige Geschäfte, war selten zu Hause und übergab die Erziehung der Kinder seiner Frau. Johanna musste eine Krankenschwesternschule absolvieren und konnte sich nach Jahren endlich eine kleine Wohnung und die Distanz zu ihren Eltern erkaufen.

Wie sie es von zu Hause gewohnt war, funktionierte Johanna. Sie funktionierte im Job, sie funktionierte bei den Kollegen und funktionierte bei den Patienten. Für private Träume hatte sie keine Zeit. Stets war sie freundlich und diszipliniert, tauschte für die anderen die Sonn- und Feiertagsdienste, weil sie verstand, dass die Kollegen mit ihren Familien zu Weihnachten und zu besonderen Anlässen gemeinsam feiern wollten. Alle konnten sich auf sie verlassen. Sie ging in ihrem Job auf.

Sie hatte es als Krankenschwester bis in den neurochirurgischen Operationsbereich geschafft. Dort fühlte sie sich das erste Mal in ihrem Leben glücklich und zufrieden. Die Assistenzarbeit bei komplizierten neurochirurgischen Eingriffen nahm sie gefangen. Ihren Kollegen fiel es gar nicht auf, dass sie in Johanna die eifrigste und intelligenteste Studentin hatten, denn eines Tages hatte sie beschlossen, das Medizinstudium nachzuholen.

Die Gespräche am Operationstisch waren selten geistreich. Vielleicht lag es an der Routine, vielleicht auch an der Gefährlichkeit der Tätigkeit. Dumme Bemerkungen, obszöne Witze und Speisegewohnheiten wurden hier seziert.

Am meisten hasste sie die Gespräche bei externen Ventrikeldrainagen. Bei ruhiger Hand konnten sie schnell gelegt werden und waren Standard. Das Repertoire an Oberflächlichkeit ging dabei von Gesprächen über Kindergeburtstagsfeiern bis hin zu neuesten Gerüchten aus der Chefetage, wer mit wem irgendwo ein Verhältnis hatte. Sie hasste es. Und sie hasste ihre Kollegen dafür.

Doch komplizierte Eingriffe und deren Gelingen wurden genauestens besprochen, und Johanna sog durstig die Begriffe und alles Gesehene auf.

War alles vorbei und ging man wieder zur Routine über, dann schloss sie ihre Ohren und Augen und verrichtete kopfschüttelnd ihre Dienste.

Ihre Wut über so viel männlicher Ignoranz fand ihr Ventil in einem ungemein zügig abgeschlossenen Medizinstudium. Endlich hatte sie es geschafft. Gegen den Willen ihrer Eltern, gegen jedes verlogene Gespräch ihres Chefs, dass sie in ihrem Aufgabenbereich als Operationsschwester unersetzbar wäre. Sie ging ihren Weg und wurde selbst Neurochirurgin.
So kompromisslos sie ihre berufliche Karriere verfolgte, so ging sie auch mit sich selbst um. Sie funktionierte. Fünf Uhr aufstehen, Vorbereitungen, Dienstbesprechungen, Dienste in der Ambulanz und auf den Stationen, Operationen, Vorlesungen. Die Nächte dienten zur Aufarbeitung und Dokumentation wissenschaftlicher Untersuchungen, die gut vorbereitet dem Chef für irgendein Symposium oder eine medizinische Fachzeitschrift vorgelegt werden mussten. Ihr Name stand nie unter dem Papier, und die Anerkennung für ihre Tätigkeit erhielt sie in Form anzüglicher Berührungen ihres Chefs. Sie musste es erdulden, denn sie hatte nur ein Ziel, sie wollte hier an diesem Krankenhaus habilitieren.
Erdulden und Warten konnte sie gut. Das hatte sie bestens von ihrer Mutter gelernt … und sie habilitierte.

Sie wurde zu einer exzellenten Ärztin und zu einer noch exzellenteren Schauspielerin. Ihre Verachtung wurde grenzenlos. Sie wusste, dass man über sie sprach, man schätzte ihre Kompetenz,

nicht jedoch ihre Arroganz, die sie wie ein Schutzschild vor sich her trug.
Manches Mal, vor allem wenn sie sich wieder unterhalten wollte, goss sie ein Statement über ihre privaten Ambitionen in die Runde. Die Kollegenschaft riss sich darum, wie hungrige Wölfe nach frischem Fleisch. Und Johanna genoss es. Schleichend und ganz leise ergab sie sich diesem Spiel, und dieses Spiel ging ihr ins Blut über, wurde ihre Lebensweise. Unnahbar und von Ehrgeiz zerfressen. Ohne es zu merken, war sie selbst zum Wolf geworden.
Sie hatte keine Zeit mehr für sich, sondern nur mehr Augen für ihr Spiel.

Wenn es die Arbeit zuließ und sie nach einem Dreitagedienst erschöpft in ihr Bett sank, wünschte sie sich hundertmal, dass jemand neben ihr läge. Ihr Hirn konnte nicht aufhören zu denken. Wie schön wäre ein Atmen, wie schön ein Töpfeklirren in der Küche, Kinderstimmen. Ein Abendessen zu zweit. War das der Preis ihrer Freiheit? Wahrscheinlich. Auf was sollte sie denn warten? Sie war jetzt die Königin in ihrem Fach. Sie hatte es in der Hand. Ihrem Wissen und ihrem Können war es zu verdanken, dass „ihre" kleinen Patienten wieder laufen und fröhlich sein konnten. Auch wenn sie selbst nie in den Genuss einer Kinderumarmung kam. Der Tod war ihr ständiger Begleiter und immer wieder konnte sie ihm ein Schnippchen schlagen. Oft gelang es ihr, außergewöhnliche Erkrankungen mit viel Geschick und Feingefühl zu behandeln.

Johanna pflegte keinen Kontakt zu den Eltern „ihrer“ Kinder. Sie operierte, beobachtete sorgsam die postoperativen Verläufe, flüchtete jedoch vor Mitgefühl und emotionalen Konfrontationen. Den Tod konnte sie genauso wenig akzeptieren wie das Leben. Sie hatte sich Strategien zurecht gezimmert, die immer funktionierten.
Kamen ihr die Emotionen zu nahe, ging sie mit einer Flasche Rotwein in ihr Badezimmer und legte sich in die Badewanne. Zuerst lauwarm und dann immer heißer, bis der Schmerz des heißen Wassers stärker wurde als ihre aufgewühlten Gedanken. Half das nicht, dann trank sie die Flasche aus. Danach putzte sie eine Stunde die Badewanne und die Spiegel in ihrer Wohnung.
Mit viel Make-up am nächsten Morgen begann sie wieder von vorne. Das Spiel begann von neuem.

Bis er kam.

Sie hatte schon von ihm gehört. Ein Kollege hatte ihr von diesem schwierigen Fall erzählt. Innerlich rieb sie sich die Hände. Sie konnte es und wusste, wie mit dieser Krankheit umzugehen war.
Er lag auf der Intensivstation. Blutabnahme, Liquorbefund, das ganze übliche Programm war bereits an ihm abgelaufen. Bewusst ließ sie ihre aufgeregten Kollegen warten und genoss den erlösten Blick in deren Augen, als sie wie ein Wirbel-

wind die Intensivstation betrat. Sie war wichtig. Sie war die Königin. Und alle mussten dies zur Kenntnis nehmen.
Messerscharf wie bei ihren Operationen verlangte sie nach der Befundmappe. Kein Bitte, kein Danke, nur die fordernde Hand.
Johanna musste sich setzen. Unglaubliches stand da zu lesen. Unmöglich, dass es dieses Kind überhaupt bis hierher geschafft hatte. Normalerweise überlebte so ein Kind nicht einmal den Transport. Sie schloss die Mappe, mehr wollte sie eigentlich nicht wissen. Es war eine Herausforderung. Und wieder war hier ihr Gefühl, das sie immer zu unterdrücken versuchte, ein Gefühl der Hilflosigkeit, denn in Anbetracht der Schwere dieser Erkrankung müsste dieses Kind bereits tot sein.
Johanna schmiss die Mappe auf den Schreibtisch. „Ich muss das Kind sehen."
Das tat sie normalerweise nie. Immer hatte sie zuerst nur die Station betreten, sich informiert, und war dann in ihrem Arztzimmer verschwunden, um noch einmal alle Befunde genau zu studieren. Dann erst ging sie ans Krankenbett und konnte bereits die ersten Direktiven an das Personal erteilen.
Hier aber nicht. Was sollte sie auch, da war einfach nicht mehr viel zu machen.

Bett Nummer Sieben. Auf Sieben lagen die Kinder, die es besonders schwer getroffen hatte. Dieses Bett konnte man ständig vom Stationsstützpunkt aus beobachten.

Da lag das Kind. Eingebettet in ein Windelnest. 1200 Gramm. Ein Nichts an Leben. Und doch konnte Johanna ihre Augen nicht von ihm lassen. Sie hatte noch nie eine so schöne Frühgeburt gesehen.
Die Kinder waren zu früh und gänzlich unreif auf die Welt gekommen, aus Gründen, die sie nie hinterfragte. Dieses Kind war anders, es hatte keine verschwollenen Augen, keinen überdimensionalen Kopf. Es lag rosig und scheinbar gesund in seinem Bett und schlief.
Der diensthabende Arzt stand dicht hinter ihr und klopfte den bisherigen Krankheitsverlauf herunter. Frühgeburt, fünfundzwanzigste Schwangerschaftswoche, Gehirnblutung zweiten und dritten Grades, perventrikuläre Leukomalazie, Kleinhirnatrophie, Meningitis. Überstellung um 12.45 Uhr.
Johanna entriss es plötzlich ein lautstarkes „Halt". Der Name. Was sollte das da am Bett? MOMI. Am Bettende war bunt und in riesigen Buchstaben der Name „Momi" zu lesen.
„Ist das hier jetzt ein Kindergarten oder befinden wir uns in einer Universitätsklinik?"
Sie drehte ihrem Kollegen den Kopf zu. Dieser sehnte sich Hilfe suchend eine Krankenschwester herbei. Er wusste selbst keine Antwort. Bisher war es nicht notwendig, so etwas zu wissen. Nie hatte Johanna nach dem Namen eines Kindes gefragt. Was zählte, war die Krankheit. Es hieß dann eben Bett Nummer Fünf Ventrikeldrainage, Bett Nummer Zehn Meningitis, Bett Nummer Zwei Hydrocephalus, nun auf Bett Sieben Momi.

Die Krankenschwester kam mit der Befundmappe herbeigeeilt und stotterte etwas von Moritz Maria.

„Was jetzt? Moritz oder Maria, Junge oder Mädchen?“

Johanna war mächtig froh, dass sie mit diesem Namensspiel von ihrer eigenen Irritation ablenken konnte, so hatte sie länger Zeit, am Krankenbett zu stehen und dieses Kind zu betrachten.

Ein Knabe mit so einem Namen. Johanna war gefangen. Er, der sich nicht bewegen konnte, der an fünf Geräten angebunden war, fesselte sie.

Unwillkürlich berührte sie seine kleine Hand und streichelte sie.

Momi, du armes kleines Wesen, dich krieg ich wieder hin. Mach dir keine Sorgen.

Als sie sich beobachtet fühlte, schreckte sie zurück, legte vorsichtig eine weiche Stoffwindel über die Brust. So nackt und allen Blicken ausgesetzt, wollte sie ihn nicht zurücklassen, schnappte sich die Befundmappe von der Krankenschwester und verschwand aus der Station. Sie musste sich endlich ein genaueres Bild machen.

Als sich die Glastür zur Intensivstation hinter ihr schloss, sah sie am Ende des Ganges eine Frau zusammengekauert am Boden sitzen, ein elegant gekleideter Mann stand wie eine Säule neben ihr, seine Augen geschlossen.

„Hallo, Mutter? Ich weiß, ja, ich hätte dich schon viel früher anrufen sollen. Es ist schon sehr spät.

Wollte eigentlich nur deine Stimme hören. Wie geht es dir? … Mir? Einigermaßen, der Job, das Krankenhaus, du weißt ja, viel Arbeit ... Nein, ich beklage mich nicht, ich mache das gerne … Nein, auch nicht um es euch zu beweisen. Es ist ein hochinteressanter Job … Ich weiß, es war meine Entscheidung, aber ich bin zufrieden … Nein, ich habe heute noch nichts getrunken. Ich rufe dich aus freien Stücken an ... Was unterstellst du mir die ganze Zeit? Ich wollte nur wissen, wie es euch geht, ist das so schlimm? … Nein, es ist schon in Ordnung. Ich verstehe dich gut. Aber das wird bei mir nicht möglich sein ... Das, was du dir wünschst, wird bei mir nicht möglich sein ... Ich habe nichts am Herzen, ich würde dich nicht belasten wollen ... Gut, dann bis auf weiteres, ich wünsch dir auch alles Gute und lass mir Papa schön grüßen."

Sie legte den Telefonhörer wieder auf die Gabel und nahm die Flasche Rotwein, die halb ausgetrunken vor ihr stand, und ging ins Badezimmer. Mein Gott, was für ein Tag und welch beschissenes Ende. Hätte sie doch nur nicht mit ihrer Mutter gesprochen. Sie konnte die besten Schuhe tragen, bei ihrer Mutter glitt sie unbeholfen aus wie auf einem Eislaufplatz. Sie sah nur sich und ihre Wünsche und konnte es nicht akzeptieren, dass sie anders war als ihre Schwestern. Sie hatten gut bezahlte Jobs, gute Ehemänner, mit denen sie schon lange nichts mehr im Sinn hatten, und Kinder. Sie beneidete sie nicht, nicht um ihr kleines bürgerliches Leben, nicht um all das Geld der Welt. Viel-

leicht um die Kinder, ja, das schon. Aber sie hatte ihre Kinder auf der Station.
Die Mappe „des Neuen“ hatte sie auf einen Stuhl neben die Badewanne gelegt und fing nun an, die Befunde zu studieren. Sie vergaß dabei das Wasser immer heißer zu drehen. Johanna las interessiert in der Krankengeschichte.
Sie verschlang die Informationen gierig und mit Heißhunger. Wie eine Wölfin.
Das Telefon riss sie aus ihrer Konzentration. Johanna sollte sofort ins Krankenhaus kommen, Momi ginge es sehr schlecht.
Sie zog sich schnell etwas über und ging. Ihre Schritte wurden immer schneller bis sie rannte. Immer hatte sie das Gesicht dieses kleinen zerbrechlichen Wesens vor Augen. Nicht die Krankheit, nicht die Befunde, nur sein Gesicht.
Keuchend riss sie die Tür der Intensivstation auf. Steriler Mantel, Händedesinfektion. Das Zeug brannte wie Feuer.
Ihre Hände waren das Wichtigste, das sie hatte, Werkzeuge, und doch behandelte sie diese wie kleine Soldaten. Die Putzmittel aus ihren Badezimmerorgien hatten die Haut wund und rau gemacht. Der Schmerz machte sie nun hellwach.
Der Nachtdienst klärte sie über den Zustand des Kindes auf.
„Das ist nicht möglich. Lassen Sie mich zum Kind!“

Die Station war ins Dunkle getaucht. Nur das Licht der Geräte erhellte den Raum. An der Stirnseite des Bettes leuchtete eine kleine Lampe, man hat-

te das ständige Piepsen der Alarme auf lautlos geschaltet, dennoch war es laut. Sie wollte näher an das Bett und schob die Frau, die still das Händchen des Kleinen streichelte, einfach mit den Worten „Ich bin die behandelnde Ärztin“ zur Seite. Wie ein Pilot beim Start einer Boing ließ sie ihre Augen über die Geräte gleiten. Medikation o. k., Sättigung o. k., Beatmung mit 25% Sauerstoff o. k. Noch bevor sie ihn berührte und seine Bandagen löste, musste sie alle unvorhergesehenen möglichen Komplikationen ausschließen. Soweit war alles in Ordnung.
„Was machst du denn für Sachen, Momi?“, kam es ihr über die Lippen und hörte dabei das tiefe Schluchzen der Frau, die sie zuvor vom Krankenbett weggestoßen hatte.
Johanna würdigte sie keines Blickes. Sie hatte für Höflichkeiten keine Zeit und fing an, vorsichtig die Bandagen zu lösen, bis sie den Kopf des Kindes freigelegt hatte. Was für ein Anblick. In welchem Zustand überbrachte man ihr die Kinder? Der Kopf war mit Nähten übersät. Die Wundränder rot und geschwollen. An der rechten Seite der Stirn hing ein Röhrchen, das die Gehirnflüssigkeit drainieren sollte, was es augenscheinlich nicht tat, denn aus den Einstichen der Narben quoll Gehirnflüssigkeit.
Der Gehirndruck musste enorm sein. Keine Sekunde durfte sie zögern. Mit scharfem Ton gab sie den Befehl zum sofortigen Eingriff. Alle rannten, jeder wusste, was zu tun war. Trotzdem spurten sie nicht so schnell, wie es Johanna passte, sie dreh-

te sich um und schrie das Team an, sie sollten sich schleunigst beeilen.
„Und alle raus!"
Damit war die Frau gemeint, die starr ins Leere blickend an der Wand lehnte.
Das sei Franziska, Momis Mutter, versuchte eine Krankenschwester entschuldigend zu erklären.
„Mütter haben in der Nacht nichts auf der Intensivstation verloren. Was soll das? Immerhin gibt es Vorschriften und die haben durchaus einen Sinn!"
Bei dieser Frau ginge das eben nicht, war die Antwort, und in Anbetracht dieser außergewöhnlichen Situation dachte man, …
„Das Denken überlassen Sie mir! Ich will hier niemanden haben, der nicht zum Krankenhauspersonal gehört."
Damit war das Thema beendet. Alle wussten, dass in einer solchen Situation keine Diskussion geduldet war. Die Krankenschwester begleitete Franziska verlegen aus der Intensivstation, während sich Johanna vorsichtig über das Kind beugte und den Eingriff vornahm.

Händewaschen. Sie musste so schnell wie möglich mit den anderen Kollegen reden und diese auf eine komplizierte Operation vorbereiten. Was sie bisher an dem Kind machen konnte, war nur ein zeitlicher Aufschub. Das Problem musste gelöst werden, nicht die Symptome.
Der Morgen dämmerte bereits und Johanna war in ihrem Element. Sie hatte zunächst einmal ge-

wonnen. Sie hatte Zeit gewonnen. Jetzt aber musste alles noch schneller gehen.
Wie gewohnt stieß sie die Glastür der Intensivstation auf und rannte zum Lift. Sie drückte auf den Knopf und wartete.
Da entdeckte sie Franziska. Sie lehnte mit dem Rücken an der Wand und schaute sie an, wortlos und ernst. Ihre Blicke trafen sich zum ersten Mal richtig. Nur Blicke, keine Fragen, keine Antworten. Sie konnte ihre Augen nicht klar erkennen, zu einem dunklen Schatten hatten sich Lider und Schminke verschmolzen.
Sie hätte etwas sagen sollen, konnte es aber nicht. Dass es schon in Ordnung sei, wenn sie als Mutter in der Nacht auf der Station bei ihrem Kind bliebe, dass sie für ihren forschen Umgangston von vorhin um Verzeihung bitten würde.
Der Lift kam und sie stieg ein, wortlos.

Johanna konzentrierte sich nur noch auf ihren Patienten. Sie arbeitete verbissen am möglichen Verlauf des notwendigen Eingriffs. Es war eine gefährliche Situation, denn das Kind war sehr klein, das machte die Sache komplizierter – und es musste so schnell wie möglich geschehen.
Die Operation gelang.
Die Kollegenschaft jubelte.
Sie war die ungekrönte Königin.
Nun durfte sich Johanna wieder Überheblichkeit und Verachtung leisten, denn sie hatte erneut ein medizinisches Wunder vollbracht.

Der kleine Patient entwickelte sich gut. Johanna war stolz auf sich und auf Momi.

Immer wieder kam sie auf die Station und erkundigte sich nach dem Zustand des Kindes. Öfters als notwendig. Eilte ans Bett, versorgte die Wunden, gab weitere Direktiven und verschwand. In der Nacht, wenn die Station ruhig war, kam sie an sein Bett und betrachtete das schlafende Kind. Erst allmählich fing sie an, all die Kleinigkeiten zu sehen, die um das Kind herum lagen.
Da waren Zeichnungen mit Motiven der Sonne und grünen Wiesen, Bilder der Geschwister, Spieluhren und Stofftiere, ein kleiner, hellblauer, handgestrickter Walfisch. An den Stäben des Gitterbettes hingen kleine Kreuzchen und Amulette aus Kokosnüssen, Fetische aus Peru. In harmonischer Eintracht mit einem Bildchen der Muttergottesstatue aus Mariazell und indische Zeichen für Freude und Leben.
Am Tisch neben dem Bett lagen Bücher. Johanna las die Titel. Philothea – Franz von Sales, dann ein Buch über buddhistische Weisheiten, aufgeschlagen daneben Simone de Beauvoir.
Ein Brief, adressiert an sie – Johanna –, lag neben dem Desinfektionsständer, sie sollte ihn gleich sehen. Johanna nahm das Kuvert aber nicht.
Das Kind war etwas Besonderes. Sie hatte die Gelegenheit bekommen, ihn näher kennen zu lernen und für ihn da zu sein. Johanna musste tief durchatmen. Eine Zeitlang blieb sie noch bei ihm stehen, dann ging sie zufrieden nach Hause.

Visite. Stimmengewirr. Johanna drehte sich um. Sie sah die Mutter des Kindes. Sie diskutierte mit einer Krankenschwester, sie wolle dringend mit einem Arzt sprechen. Ihre Stimme wurde immer wütender. Sie wollte endlich ein Gespräch mit dem diensthabenden Arzt oder mit einem Neurochirurgen. Es ginge nicht, wehrte die Krankenschwester ab. Die Visite sei noch nicht beendet. Die Mutter müsse warten. Viele Fälle wären zu besprechen. Während der Visite dürfe niemand die Intensivstation betreten. Die Mutter wurde vor die Tür verwiesen.

Johanna hatte sich nach der Visite die Hände desinfiziert und wollte die Station verlassen, da stand sie plötzlich vor ihr. Groß, wild und ungeduldig. Wütend vom langen Warten.

„Ich lasse mich nicht mehr von irgendeinem Arzt vertrösten. Jeder sagt etwas Anderes, ich muss mit Ihnen reden. Sagen Sie mir, wie es um mein Kind bestellt ist. Sagen Sie mir die Wahrheit. Die Ungewissheit bringt mich um den Verstand. Ich habe mit meinem Kind so viel durchmachen müssen, so viel erlebt, so viel ertragen. Seit sechs Monaten sind wir auf verschiedenen Intensivstationen, immer wieder höre ich monoton, haben Sie Geduld, Sie müssen lernen zu warten. Ich habe Sie oft beobachtet, habe gehofft, Sie würden ein Gespräch mit mir führen. Nichts. Sie verlassen die Station und ich habe so viele Fragen, die mir die anderen Ärzte nicht beantworten können. Immer wieder verweisen sie mich auf die nächste Visite mit Ihnen. Doch Sie sind nicht da. Ich will nicht mehr abgewiesen werden. Was ist los mit Momi und was ist los mit Ihnen, dass sie mit uns Eltern nicht reden wollen? Habt ihr Ärzte kein Herz? Es kotzt mich an. Es kotzt mich Ihre Überheblichkeit an. Ja, gehen Sie nur und lassen mich wieder alleine. Ihr macht es euch alle verdammt einfach."

Stille.

Da war sie wieder, diese Hilflosigkeit. Was sollte sie auch über den Verlauf der Krankheit sagen? Dass dieses Kind mit größter Wahrscheinlichkeit schwer behindert bleiben würde? Konnte die Frau, die so wütend und ungezähmt vor ihr stand, die Wahrheit ertragen? Eigentlich wollte Johanna der Mutter von den Nächten bei ihrem Kind erzählen, von den wunderbaren Eindrücken, die sie von ihr und ihrer Familie hatte, doch sie konnte nur flüstern:
„Unterstehen Sie sich, noch einmal mit mir in diesem Ton zu reden!"
„Sie können mir nicht drohen, ich habe nichts mehr zu verlieren!", entgegnete Franziska.
Auf der Station hinter ihr war es auf einen Schlag still geworden. Jemand bot der Königin die Stirn. Alle hatten es gehört. Die Wölfe warteten gierig auf ihr Fressen. Auf Johannas Reaktion. Sie blieb aus. Ohne ein weiteres Wort ließ sie Franziska wie schon in jener Nacht einfach stehen.

Sie ging in ihr Arztzimmer. Eine Kammer. Voll mit Unterlagen, Büchern und Skripten, peinlichst genau sortiert und geordnet, staubfrei und steril. Sie setzte sich an den Schreibtisch und starrte zum Fenster hinaus. Wie das Wetter draußen war, wusste sie nicht, die Klimaanlage surrte.
Sie legte ihre zitternden Hände vor ihre Augen. Sie wartete auf ihre Reaktion. Endlich spürte sie zwischen ihren Fingern die Tränen. Sie bahnten sich einen Weg durch ihre Hände wie der durchsichtiger Liquor durch die Nähte ihres kleinen Patienten. Auch sie konnte diesem Druck nicht mehr standhalten. Hier in ihrer Kammer brauchte sie das auch nicht, hier fraß sie niemand. Die Wölfe hatte sie auf der Station zurückgelassen.

Es mussten mehr als eine Stunde vergangen sein. Johanna griff zum Telefonhörer. Intensivstation.
„Ist diese Frau noch da?"
Die Krankenschwester wusste sofort, wen Johanna meinte, und bejahte.

Franziska war über das Bett ihres Kindes gebeugt und weinte, als Johanna sie ansprach.
„Darf ich Sie zu einer Tasse Kaffee einladen?"
„Es tut mir so unendlich leid, was ich vorhin zu Ihnen gesagt habe, bitte verzeihen Sie mir."
„Da gibt es nichts zu verzeihen. Wollen Sie jetzt noch mit mir reden?"
Franziska nahm ihre Handtasche und verließ mit Johanna die Station.
Die Wölfe warteten.

„Haben sie meinen Brief gelesen?"
„Nein. Was auf den Patiententischen liegt, ist tabu. Das wäre ein Eindringen in die Privatsphäre und ist uns nicht erlaubt."
„Das sind Sie schon längst."
„Was?"
„In die Privatsphäre eingedrungen. Sie haben unserem Kind das Leben gerettet. Damit sind Sie ein Teil unseres Glücks und Unglücks geworden, ein Teil unserer Familie."
„Wie kann ich Ihnen helfen?"
„Reden Sie mit uns Eltern. Es ist mir schon klar, dass viele Dinge, die die Krankheiten unserer Kinder betreffen, nicht vorhersehbar sind. Mir ist es lieber, man sagt uns die Wahrheit, als dieses ewige Schweigen. Es ist ein grauenvoller Zustand, nicht zu wissen, wie der nächste Tag wird, und noch grauenvoller, wenn man darüber schweigt. Immer wieder wurde ich von den Stationsärzten auf Sie verwiesen, doch Sie waren unerreichbar."
„Bis heute."
„Mein emotionaler Ausbruch tut mir wirklich leid. Sie werden ein ganz schlechtes Bild von mir haben, ich bin normalerweise nicht so."
„Nein, das ist in Ordnung. Ich verstehe Sie. Sie haben ja recht. Verzeihen Sie meine Neugierde, aber warum dieser Name?"
„Moritz Maria?"
„Ja, warum Maria?"
„Den Namen Maria haben wir unserem Sohn gegeben, weil wir in dieser ausweglosen Situation nicht mehr weiter wussten. Man streckt seine Hän-

de nach jedem Strohhalm aus, um zu überleben. Sie lachen vielleicht darüber, aber uns hilft es, mit dieser Erkrankung fertig zu werden. Nach seiner Geburt in einem anderen Krankenhaus wusste niemand, ob er überleben würden. So haben mein Mann und ich in Stille unser Kind notgetauft. Durch den Brutkasten. Wir durften Momi ja am Anfang nicht angreifen. Wie ein Engel war er in seinem gläsernen Gefängnis aufgebahrt. Es war der schönste und zugleich schrecklichste Moment in meinem Leben. Als es ihm so schlecht ging, war es mir ein großes Bedürfnis, ihn zu taufen. Glauben Sie mir, ich habe in meinem Leben noch nie so intensiv gebetet wie damals. Ich hielt bis dahin nicht viel davon, eingebildetes Getue, dachte ich mir oft. Und dann stand ich selbst in dieser ausweglosen Situation und hatte nichts, als diesen Gott anzubeten und für mein Kind zu bitten. Das klingt alles etwas lächerlich, ich weiß."
„Nein, ich lache Sie ganz und gar nicht aus. Erzählen Sie mir von Ihrer Familie, ihren Kindern."
„Sie haben Sie sicher schon gesehen. Sie waren schon oft auf der Station zu Besuch. Vielleicht sind sie Ihnen aber noch gar nicht aufgefallen, da Sie immer so schnell an uns vorbeihuschen. Die Schwestern freuen sich immer, wenn sie kommen, sie sind freche Rabauken und bringen Leben auf die Station. Eigentlich besuchen sie mich. Mit ihrem kleinen Bruder können sie noch nicht soviel anfangen. Er ist für sie insofern eine Belastung, da sie ihre Mama vermissen und zu Hause alles ein wenig aus den Fugen gerät. Die Großmütter

kümmern sich zwar rührend um sie, können ihnen aber ein normales Familienleben nicht ersetzen."
„Sie werden sehen, es wird für sie irgendeinmal Normalität werden. Kinder lernen schnell. Sie werden sich an diese Situation gewöhnen."
„Wie kann man sich an die ständigen Operationen, an die Angst und Verzweiflung gewöhnen? Ich kann es nicht. Ich weiß nie, wie das Morgen sein wird. Das macht es so schwer im Heute zu leben."
„Sie können jetzt nicht aufgeben. Sie sind schon einen weiten Weg gegangen. Wollen Sie noch eine Tasse Kaffee?"
„Danke, ich halte Sie bestimmt auf."
„Das macht nichts. Ich muss mich für mein Verhalten bei Ihnen entschuldigen und werde Ihnen auch keine Informationen mehr vorenthalten. Sie hatten recht. Es stand wirklich sehr ernst um Momi, aber so wie es scheint, hat er seine letzte Operation sehr gut überstanden. Wie er sich weiter entwickelt und ob er noch Operationen braucht, ist wirklich schwer zu sagen, aber eher wahrscheinlich. Es wird ein langer Weg vor allem für sie werden. Fürs Erste kann er sich erholen und braucht nur noch Sie. Das wollte ich Ihnen eigentlich sagen, bevor ich mich wieder an meine Arbeit mache. Es warten noch ein paar Kinder auf mich."
„Haben Sie Kinder?"
„Ich muss jetzt wirklich gehen."

Erschöpft vom Putzen kauerte Johanna am Badezimmerboden. Die dunklen Haare waren nass und stanken nach Putzmittel. Mit ihrer Frage hatte sie diese Frau ins Mark getroffen. Warum wusste sie nicht, sie hatte es zugelassen. Sie hatten ja alle so recht, ihre Schwestern, ihre Mutter. Der Preis, den sie für ihre Freiheit zahlen musste, war hoch. Sie hatte den beruflichen Erfolg mit dem Preis der Beziehungslosigkeit erkauft. Tauschen? Niemals. Was hatte denn diese Frau Besseres? Kinder und ein behindertes dazu. Nein, auf das konnte sie verzichten.

Sie hatte die Freiheit, Entscheidungen zu treffen, zumindest beruflich. Privat konnte, wollte sie nie Verantwortung übernehmen.

Einmal hätte es vielleicht klappen können, damals mit Amely. Aber diese Liebe scheiterte. Sie hatte Amely, so wie viele andere auch, nur benutzt, und als es Amely bewusst wurde, standen ihre Koffer vor der Tür. Sie hatte das einfach akzeptiert. Eine Zeitlang hatten sie eine wunderbar oberflächliche Beziehung gepflegt. Ohne jegliche Verbindlichkeiten. Amely war sensibel und sozial. Sie arbeitete als Therapeutin in einer Drogenberatungsstelle. Zuerst die große Hingabe, dann war sie sogar in ihre Wohnung gezogen, versuchsweise, wie sie es damals formulierte, und dann kam der unerträgliche Alltag. Johanna war von sich selbst so überzeugt, dass sie Amely befriedigen konnte. Körperlich ja, nicht aber geistig und seelisch.

Amely versuchte Johanna mit ihrer Häuslichkeit an sich zu binden. Kochte, putzte, machte Wäsche. Sie glaubte, diese Alltäglichkeit würde damit erträglicher. Wenn Johanna dienstfrei hatte, saßen

sie stundenlang in ihrer Küche und sprachen über sich und ihre Probleme. Johanna hasste es. Meist stritten sie sich nur und fanden sich ein paar Stunden später im Bett wieder. Was sollte sie auch anderes tun? Sie konnte nichts anderes.
Amely ertrug es, mehr und mehr jedoch emigrierte sie innerlich. Die Koffer vor der Tür waren nur mehr der letzte Zug in ihrem Beziehungsspiel. Johanna war beleidigt und auch wieder froh, sie war von einer Last befreit. Vielleicht konnte sie in keiner Beziehung leben.

Trotzdem freute sich Johanna, als sie am folgenden Tag die Mutter wieder auf der Station antraf. Auch Franziska machte den Eindruck, dass das Verhältnis zwischen ihnen nun nach dem ersten richtigen Gespräch entspannter war. Sie erzählte von ihren Kindern und den Schulsorgen, von ihrem Haus, ihrer kleinen ländlichen Idylle, von dem, was sie las, und noch lesen wollte. Sie erzählte von Freunden und Bekannten, sogar von François de Sales, seiner Philosophie und seinen Anweisungen zum frommen Leben aus der „Philothea".
Sie erzählte aus ihrer kleinen zerbrechlichen, aber schönen Welt.
Johanna war erstaunt, wie viel es da zu erzählen gab, und das nur in den paar Minuten, die sie sich trafen. Es war für sie ein buntes Puzzle, Stein für Stein konnte sie es zusammensetzen.
Vielleicht war es Unsicherheit, dass Franziska wie eine aufgezogene Spieluhr funktionierte. Vielleicht war es auch nur Franziskas trotziges Dagegenhal-

ten in dieser Krankenhauswelt, die nur aus Maschinen bestand. Johanna kam, und wie ein Kind, das sich auf seine Mutter verlassen konnte, durfte sie an dieser Spieluhr ziehen und den wunderbaren Klängen aus dem Mund derer lauschen, die soviel verloren hatte.
Johanna lernte hören.

Wenn es ihre Dienste zuließen, kam sie an das Bett des Kindes und redete mit ihm. Bei der Mutter konnte sie das nicht. Dort war sie gebannt von der Musik, die aus ihr herausströmte. Und was außer medizinischem Fachwissen konnte sie schon erzählen? Neben ihrem Beruf gab es eigentlich nichts. Mit dem Kind aber, das friedlich vor ihr lag, konnte sie reden.
Sie erzählte Momi von Amely, den Koffern, die vor der Tür standen, von ihrer leeren Wohnung, von ihrer Mutter, vor der sie immer zu flüchten versuchte. Von ihren Putzorgien im Badezimmer und von ihren Händen, die danach schmerzten.
Die paar Minuten jeder Begegnung brachten sie ihm näher.
Mit der Zeit wusste sie alles über ihn. Jede Gehirnwindung hatte sie auf den Bildern studiert, doch sie wusste von ihm noch viel mehr. Er war kräftig, wollte seinen Atem nicht einer Maschine überlassen.
Momi war auf der Station dafür bekannt, dass er nicht lange an der Beatmungsmaschine hing. Nicht hängen wollte. Wurde er operiert, blieb er ein paar Stunden ruhig liegen. Mit jeder Minute, die ver-

ging und mit der die Beruhigungsmittel ihre Wirkung verloren, wurde Momi unruhiger. Er riss sich den Schlauch aus dem Mund und brachte damit jedes Mal die gesamte Intensivstation in hellste Aufregung.
Trotz seiner großen Schmerzen war um seinen Mund immer der Hauch eines Lächelns zu erkennen. Er war geduldig mit den Krankenschwestern, die nie die Nadeln in seine Venen brachten. Seine Hände und Füße waren von den Blutuntersuchungen rot unterlaufen und geschwollen, er ließ es ohne großes Schreien über sich ergehen.
Johanna liebte dieses Lächeln. Sie kontrollierte seine Narben, dabei roch sie an ihm. Sein Duft durchströmte sie. Er roch nicht nach Leid und Krankheit, er roch nach unbändigem Leben.
Wenn er weinte, versuchte sie ihn mit sanften Berührungen zu trösten.

Zu Hause verfiel sie trotzdem wieder in ihre Putzorgien, dabei hatte sie das Gesicht Franziskas vor Augen. Eine Frau, die sie äußerlich weder reizvoll noch interessant fand. Aber sie strahlte eine Wärme aus, die auf der Station auffallend war.
In kürzester Zeit hatte Franziska in ihrer liebenswürdigen Art alle Herzen erobert. Es waren nicht die kleinen Aufmerksamkeiten, selbstgebackene Kuchen oder bunte Papierblumen. Sie war es selbst, die sich zum Geschenk machte.
Nach den Visiten stand Johanna noch mit dem Team zusammen und besprach die Kinder der Station. Das Bett Sieben mit Momi und seiner Mut-

ter hatte immer Besuch. Entweder standen die Familie oder andere Eltern bei Franziska, oder Krankenschwestern, die sich angeregt über irgendetwas unterhielten.
Am Bett von Momi wurde gelacht, geweint, umarmt, diskutiert und gebetet. Es war ihr schon des Öfteren aufgefallen und gerne wäre sie bei diesen Gesprächen dabei gewesen. Sie konnte es gut verstehen, auch sie fühlte sich bei diesem Kind wohl, trotz seiner Erkrankung und der bedrückenden Tatsache, dass sich Momi nie so entwickeln würde, wie es anderen gesunden Kindern gegönnt war. Die Mutter lebte aus dem Hoffen heraus, dass er es schaffen würde. Johanna aber hoffte nicht, sie wusste von seiner Bedingtheit, von seinen möglichen Behinderungen.
Es zerriss sie innerlich, wenn sie daran dachte. Dann putzte und scheuerte sie sich die Finger wund.
Oft sah sie nach der Rotweinflasche, aber öffnete sie nicht. Nichts sollte ihren Verstand trüben, eine neue, andere Welt war dabei, sich ihr zu öffnen, und sie wollte diese Gelegenheit nutzen. Sie hütete ihr kleines Geheimnis wie einen Schatz, ihre Zuwendung zu Momi, ihre einsamen Gespräche mit ihm nächtens auf der Station.
Niemandem aber blieb dieses Verhalten verborgen, doch die Wölfe interessierten sie nicht mehr.

Momi wurde auf seine Entlassung vorbereitet. Johanna hatte es selbst angeordnet. Er sollte endlich nach Hause kommen. Er hatte es sich schon längst verdient. Die ganze Familie. Wie lange sein Zustand stabil bleiben konnte, keiner wusste es. Weitere Operationen waren nicht ausgeschlossen und doch hatte Franziska in den letzten Monaten viel über den Umgang mit den Medikamenten und mit dieser Krankheit gelernt. Man konnte ihr vertrauen, dass sie im Notfall das Richtige tat. Die anderen Ärzte zweifelten an dieser Entscheidung, vielleicht wollten sie auch nur den Moment des Abschieds hinauszögern.

Als der Tag kam, war Johanna nicht da. Sie musste wie so oft zu einer ungeplanten Operation. Als sie danach auf die Station kam, lag im Bett Sieben bereits ein anderes Kind, eine Schädelfraktur.
„Wo ist Momi?"
„Wurde am Vormittag entlassen. Die Mutter wollte sich noch bei Ihnen verabschieden, sie konnte aber nicht mehr warten, keine Minute mehr. Wir sind alle traurig, dass sie weg sind. Ihr Lachen und Weinen, aber auch ihren Trotz und ihre Diskussionen, die sie mit uns ausgefochten hat, werden uns abgehen. Manches Mal hatte sie ja recht … Sie hat uns eine riesige Torte gebracht. Und einen Brief zurückgelassen. Wollen Sie mit uns ein Stück essen?"
„Gerne."
Das erste Mal, seit sie in diesem Krankenhaus arbeitet, setzte sich Johanna mit ihren Mitarbeiterinnen an einen Tisch. Während sie von der Torte aß, öffnete sie das Kuvert und las Franziskas Abschiedsbrief:

Die Freiheit ist der kostbarste Teil des Menschen.
Die Erkrankung meines Kindes hat mich lange Zeit daran zweifeln lassen, dass es Freiheit überhaupt gibt. Der Schmerz und das Leid, das Momi in seinem kurzen Leben erfahren musste, haben mich und meine Familie in eine Beengtheit zurückgeworfen, in der Leben kaum noch möglich war. Wenn man überhaupt von einem Leben reden kann, so war es die plötzliche Reduktion auf lebenserhaltende Maßnahmen, auf das Jetzt und nicht mehr auf ein Morgen. Wir konnten weder hoffen, noch auf eine Zukunft schauen. Ich fiel in dieser Zeit in einen Abgrund. Jeden Tag der Kampf, jeden Tag der innere Schmerz. Dass ich in dieser Zeit manchen von eurer Station kritisiert oder beleidigt habe, liegt wohl daran, dass ich eure Menschlichkeit nicht gesehen habe. Das Erschreckende am Leid und am Schmerz ist die Tatsache, dass sie die Seele blind machen.
Wir sind für sehr lange Zeit aneinander gebunden gewesen. Mit der Zeit haben wir alle voneinander gelernt, mit dieser Beengtheit, mit diesen Fesseln zu leben. Wir haben uns gegenseitig gestützt und Mut zugeredet. Viele Begegnungen mit Momi und das langsame Vortasten in einen mitfühlenden Zustand hat uns das Gegenwärtige erträglicher gemacht. Wir haben uns in Respekt und Liebe getragen und für uns Verantwortung übernommen.
Leiden und Ertragen sind aber kein Zustand, sie tragen auch etwas Dynamisches in sich. Diese Veränderung und diese Bewegung haben uns auf sehr engem Raum jene Freiheit gegeben, die mich und meine Familie wieder in die Zukunft schauen lässt. Vie-

le intensive Gespräche habe ich mit euch und mit anderen Eltern führen können. Wir haben miteinander gelacht und Eltern mit ihren kranken Kindern begleitet, auch in den Tod. Es ist kein leichtes Leben, das wir führen, und es hat seine Spuren hinterlassen. In jedem von uns. Doch jede Falte hat uns reicher gemacht.
Dich, liebe Rosy, umarme ich ganz besonders. Ich weiß, dass du dir die Dienste auf der Station so eingeteilt hast, dass Momi in deinen warmen Brüsten liegend einschlafen konnte. Jeden Tag musste ich abends heimfahren und es riss mir die Seele aus dem Leib, mein Kind zu verlassen. Du warst immer da und hast mir durch deine Anwesenheit meinen Abschied leichter gemacht. Ich weiß, es waren viele Dienste und das immer in der Nacht.
Diesen Spruch des heiligen Franz von Sales schreibe ich daher in Anbetracht unserer Begegnung um:
Die Liebe ist der kostbarste Teil des Menschen.
In tiefer Verbundenheit eure Franziska.

Johanna musste tief durchatmen, dann hob sie die Augen.
„Ich vermisse die beiden auch.“

***

Diese blonden langen Haare waren ihr schon eine Zeitlang aufgefallen. Wie eine Kerze leuchteten sie in der düsteren Kirche. Johanna war irritiert, sie konnte der C-Dur Messe von Schubert nicht

mehr konzentriert folgen. Die Frau einige Bänke vor ihr löste in ihr die gleiche Vertrautheit aus, die sie spürte, als sie damals am Bett des kleinen Momi stand. Wie lange war das her? Wie es wohl dem Kind jetzt ging?
Ständig fixierten ihre Augen die Haare, den Rücken, ihre Bewegungen beim Stehen oder Knien. Wie andachtsvoll sie doch war. Beneidenswert.
Vielleicht war es Zufall, oder hatte sie ihre beobachtenden Blicke gespürt, der Kopf der Frau drehte sich jedenfalls suchend in den hinteren Teil der Kirche. Es war Franziska.
Wandlung. Kommunion. Franziska stand auf und ging nach vorne.
Johanna hätte vor Freude schreien können. Sie hatte schon Monate nichts von Momi und seiner Familie gehört und nun, ganz plötzlich und unvorbereitet, war sie wieder da.
Johanna konnte es kaum erwarten, dass Franziska an ihren Platz zurückkehrte. Wenn sie sich nach dem Kommunionempfang umdrehen würde, müsste sie sie doch aus den vielen Gesichtern heraus erkennen.
Franziska erschrak kurz, als sich ihre Blicke trafen. Sofort aber glitt über ihr Gesicht ein zärtliches Lächeln, sie neigte ihren Kopf zur Seite, nickte Johanna zu und setzte sich wieder in ihre Bank.
Erst als sich nach dem Schlussakkord der Kirchenorgel die letzten Besucher entfernt hatten, wagten sie einen Schritt zueinander.
Franziska hatte sich damals langsam an den Ort der Intensivstation gewöhnen müssen. Nun stand

da jene Frau, mit der sie unzählige Gespräche geführt hatte.
Johanna stand ihr gegenüber und lächelte verlegen. Die Situation war für sie befremdend. Sie stand da wie ein Erstkommunionkind, wartend auf das, was geschehen sollte.
Zögerlich reichte sie ihre Hand und Franziska erwiderte den Gruß.

„Wie geht es Ihnen?"
„Gut. Und Momi?"
„Er entwickelt sich, langsam, aber wir sehen Fortschritte."
„Wissen Sie, dass Sie die einzige Mutter waren, die mich bei jeder Begegnung nach meinem Befinden fragte?"
„Ihr Befinden hat mich auch immer interessiert. Anfänglich nur aus reiner Höflichkeit, dann aber auch aus Angst um Sie. Sie schienen so einsam und suchend. Später dann, vor allem nach unseren vielen Gesprächen war es Ehrlichkeit und vielleicht sogar Freundschaft."
„Ich habe mich auch stets gefreut, Sie zu sehen, ich muss Ihnen aber ehrlich gestehen, ich habe Sie benutzt."
„Ich Sie auch."
„Warum bringen Sie mich immer dazu, die Wahrheit zu sagen, das bringt mich aus meinem Konzept?"
„Weil ich Verlogenheit hasse."
„Ich habe Ihnen zugehört, aber nicht um Sie zu trösten. Ich habe die Geschichten aus Ihrem Le-

ben genossen. Ihre Familie, ihr Zugang zu Büchern, zu Musik, zu allem, was Sie in ihrem Leben bewegend fanden. Das hat mich in meinem starren Konzept in Bewegung gebracht und mich tief berührt. Wie kommen Sie darauf, dass sie mich benutzten?"
„Sie waren für mich ein Ventil. Die Geschichten meiner Kinder, meiner Familie waren vergangen, aber indem ich Sie Ihnen erzählen konnte, wurden sie wieder lebendig, und ich konnte die Grausamkeit der Gegenwart leichter ertragen. Ich bin sehr froh, dass ich Ihnen das alles sagen konnte. Unsere Verbundenheit ist längst nicht mehr in der Krankheit meines Kindes begründet."
„Warum sind Sie in Wien?"
„Ich hatte die dringende Sehnsucht, wieder einmal in meine Stadt zu kommen. Die Kinder sind größer und durch die Umstände selbstständig geworden. Ich arbeite viel mit Momi und habe dadurch Freunde und Bekannte gefunden, denen das Leben ähnlich schlecht gespielt hat. Wir unterstützen uns gegenseitig sehr. Doch hin und wieder muss ich dann aus diesem Kreis ausbrechen und für mich alleine sein. Ich habe Orte der Zurückgezogenheit gefunden, in denen ich mich wohl fühle und ganz für mich bin. Dort kann ich wieder zu mir finden und weiß dann besser, wohin mein Weg führt. So etwas gelingt mir auch bei dieser herrlichen Musik. Gehen Sie oft in die Augustinerkirche?"
„Ja, aber nur wegen der Musik."
„Schade, dass ich Sie erst jetzt getroffen habe, ich

hätte Ihnen noch soviel zu erzählen. Ich habe morgen aber einen vollen Terminkalender und muss nach Hause."

„Haben Sie jetzt noch ein wenig Zeit?"

„Natürlich. Darf ich zu Ihnen Johanna sagen? Ich bin Franziska. Ich will Sie aber nur bei Ihrem Vornamen anreden."

„Sie haben einen sehr schönen Namen, Franziska."

„Wir beide haben einen schönen Namen: Johanna und Franziska. Wussten Sie, dass es vor einigen hundert Jahren eine Baronin gab, die genauso hieß wie wir beide? Johanna Franziska von Chantal. Sie war die Gefährtin eines großen französischen Bischofs namens François de Sales – Franz von Sales. Ich habe viel über ihn und sie gelesen."

„Ich weiß, sie hatten ein Buch auf der Station und lasen viel."

„Sie hat ständig an sich gearbeitet, an sich gezweifelt, mit ihren Lebensbedingungen gehadert, bis sie einen Menschen fand, der ihr eine geistige Wohnung bot. Glauben sie an Schicksal?"

„Nein, sonst hätte ich wahrscheinlich nicht diesen Beruf."

„Es ist schon sonderbar, dass wir beide zusammen diesen Namen tragen."

„Belehren Sie mich, ich habe mir darüber noch keine Gedanken gemacht."

Franziska hatte eine göttliche Gabe, sie konnte Gedanken stricken. Wie einen Faden spann sie einen Gedanken auf den nächsten. Johanna warf etwas ins Gespräch und schon hatte sie einen neuen Gedanken. Dies lag wohl an ihrem Alter und an ihrer Gesprächigkeit. Sie entwickelte immer neue Gedanken, die Anstoß zur nächsten Geschichte waren. Johanna hörte ihr dankbar zu. Die Leichtfertigkeit, mit der sie erzählte, faszinierte Johanna, immer wieder musste sie nachfragen, und Franziska holte dann rundum aus zu einem neuen Gedankengebäude. Es war so leicht, mit ihr zu plaudern, und beide genossen es.

Da war kein neidvolles Sehnen nach einer anderen Lebensweise, es war ein einfühlsames Mitdenken, ein Mitleben und ein Mitwohnen in Franziskas Gedankenhaus.

Franziska lud Johanna in ihre geistige Wohnung ein und sie nahm die Einladung dankend an. Franziska beschenkte sie mit allem, was sie aufzubieten im Stande war. Wie bei einem Festmahl aß Johanna an ihr. Sie aßen voneinander.

Als sie erwachte, lag ihr Geruch noch in der Luft. Johanna war von der vergangenen Nacht vollkommen benommen. Sie kannten sich schon lange, und doch war jetzt alles so schnell gegangen. Ein Kaffee, Abendessen mit Klaviersonaten von Mendelson-Bartholdy, ein paar Gläser Prosecco bei den Brandenburgischen Konzerten und eine nie enden wollende Umarmung bei der Toccata und Fuge von Bach. Das Leben war göttlich.

Franziska hatte zu viel getrunken und war in Johannas großem Baldachinbett eingeschlafen. Sie

wollte sie nicht wecken, wollte diesen sanften Schlaf in keiner Weise stören.
Als Johanna vor dem Bett stand, konnte sie wieder diese Vertrautheit und Zärtlichkeit spüren, wie damals, als dieses kleine Kind auf der Station ihr treuer Zuhörer war. Gleichmütig wie Wasser tropften ihre Gedanken auf die Bettdecke und wärmten sie.
Johanna kroch wie ein Hund auf das Sofa im Wohnzimmer. Irgendwann schlief sie dann in satter Zufriedenheit ein. Sie war mit Franziska eins geworden.

Johanna zog sich an und wusste, sie würde zu spät in den Dienst kommen. Vielleicht hatte sie heute auch wieder Mut, Amely anzurufen.
Sie griff nach Franziskas Schal, steckte ihn sich in die Manteltasche und ging.
Mit einem Lächeln über den Lippen dachte sie: „Von nun an hat Emma kein leichtes Leben mehr mit mir.“

François aber ging ein paar Schritte hinter ihr. Endlich hatte sich seine Johanna gefunden.

Ein Wort danach …

… über ein Buch, das eben genauso geschrieben wurde.

Franz von Sales und Johanna Franziska von Chantal haben tatsächlich gelebt. Vor vierhundert Jahren in Frankreich. Heute werden sie in der katholischen Kirche als Heilige verehrt.

Erstmals begegneten sie einander am 5. März 1604. Diese Begegnung veränderte beider Leben wesentlich. Zwischen ihnen entwickelte sich eine geistliche Freundschaft, die heute durchaus als in der Kirchengeschichte einzigartig bezeichnet werden darf. Beide begleiteten einander in ihren Höhen und Tiefen und halfen einander, den Weg zur Heiligkeit – zu einem erfüllten anderen Leben – zu finden. Das Wort Liebe wagt man in einer Beziehung zwischen einem Bischof und einer Frau kaum auszusprechen. Franz von Sales selbst aber tat es. In einem Brief schrieb er an Johanna Franziska:

„Ich brauche Ihnen nichts zu sagen über die Größe meiner Zuneigung zu Ihnen. Ich sage Ihnen nur, dass sie weit über jeden Vergleich erhaben ist. Und diese Zuneigung ist weißer als der Schnee und reiner als die Sonne; ... Herr Gott, wer vermag zu sagen, wel-

che Freude im Himmel sein wird, da man einander im vollen Meer der Liebe lieben wird, wenn schon deren Bächlein so viel Freude bringen!"

Beide Heilige gründeten zusammen eine Gemeinschaft von Frauen, die die Liebe Gottes zu den Menschen spürbar machen sollen. Für diese Schwestern der Heimsuchung Mariens, heute auch gerne Salesianerinnen genannt, ist die Liebe „das Band der Vollkommenheit" – die Liebe zu Gott, die Liebe zu den Menschen und die Liebe zu sich selbst.

Aufgrund dieser Liebe einander in den Höhen und Tiefen des Lebens Begleiter sein … das versuchten Franz von Sales und Johanna Franziska von Chantal den ersten Schwestern als ihren Grundauftrag zu vermitteln. Jeder Mensch hat zwar einen Schutzengel – einen „unsichtbaren guten Geist" – als ständigen Begleiter. Das enthebt jedoch den Menschen nicht von seiner Aufgabe, für andere ein „sichtbarer Schutzengel" zu sein:

„Was der unsichtbare gute Geist in der Seele wirkt, das tut der sichtbare gute Geist vor unseren Augen; auch er macht uns auf die Fehler aufmerksam, muntert uns auf, wenn wir daran sind zu erlahmen und zu erliegen, feuert uns an, damit wir unser Ziel, die Vollkommenheit, erreichen, gibt uns Ratschläge und Winke, damit wir nicht fallen; sind wir aber in einen Fehler gefallen, so richtet er uns wieder auf. Und sind wir verdrossen und verekelt, so hilft er uns diese Pla-

ge geduldig ertragen, betet zu Gott um Kraft, dass wir uns geduldig weiterplagen wollen ... Ihr seht also, wie hoch Ihr den Beistand und die Fürsorge eurer sichtbaren Schutzengel schätzen sollt."

Möge dieses Buch ein wenig nachdenklich machen, nicht wegen der Dramatik des Lebenskampfes eines viel zu früh geborenen Kindes, sondern wegen des Auftrags, der dahinter steckt, nicht aneinander vorbeizugehen, sondern einander zu begleiten.

Herbert Winklehner,
Oblate des hl. Franz von Sales

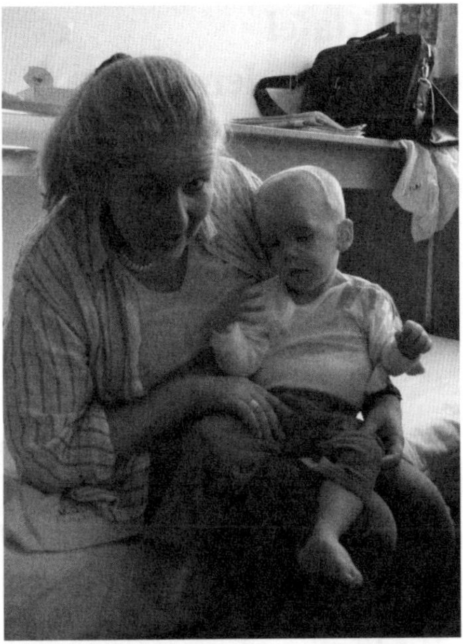

Moritz Maria („Momi“) Grabner,
geboren am 3. Mai 2005

Momi bedankt sich
bei der Kinderabteilung
des Landesklinikums St. Pölten,
Niederösterreich,
der neurochirurgischen Abteilung,
der Kinderintensivstation und der Ebene 9
des Allgemeinen Krankenhauses, Wien,
ganz besonders bei seinen Therapeuten
Irene Dienstl und Johann Hauer,
bei der fünfjährigen Hannah Schneider für die
Illustrationen zu diesem Buch
und bei all seinen lieben Begleiterinnen und
Begleitern.

Zeittafel zum Leben der heiligen Johanna Franziska von Chantal (1572-1641)

1572	23. Januar: Geburt in Dijon, Frankreich;
1573	Tod der Mutter;
1592	Hochzeit mit Christoph-Rabutin von Chantal und Umzug ins Schloss Bourbilly. Ihre beiden ersten Kinder starben gleich nach der Geburt. 1596 wurde Celsus-Benignus geboren, 1598 Marie Aimée, 1599 Françoise, 1601 Charlotte;
1601	Tödlicher Jagdunfall von Christoph-Rabutin von Chantal.
1604	5. März: Erste Begegnung mit Franz von Sales, Bischof von Genf-Annecy, in Dijon;
1610	6. Juni: Gründung des Ordens von der Heimsuchung Mariens in Annecy, zusammen mit Franz von Sales;
1622	28. Dezember: Tod von Franz von Sales;
1629	Aufopfernder Einsatz während der Pest in Annecy;
1641	13. Dezember: Johanna Franziska von Chantal stirbt im Heimsuchungskloster in Moulins.

1610-22	bis zum Todesjahr von Franz von Sales wurden 13 Klöster der Heimsuchung gegründet.
1622-41	nach dem Tod von Franz von Sales gründete Johanna Franziska noch 74 weitere Klöster.

1751	Seligsprechung;
1767	Heiligsprechung;

Patronin für eine glückliche Entbindung.

Zeittafel zum Leben des heiligen Franz von Sales (1567-1622)

1567	21. August: Geburt auf Schloss Sales bei Thorens in Savoyen;
1573-78	Schulausbildung in La Roche und Annecy;
1578-88	Studium in Paris;
1586/87	„Krise von Paris“: Franz von Sales findet zu seinem optimistischen Gottes- und Menschenbild;
1588-91	Studium in Padua;
1591	5. September: Promotion zum Doktor des kirchlichen und weltlichen Rechtes;
1593	18. Dezember: Priesterweihe in Annecy;
1594-98	Erfolgreiche Missionierung im Chablais;
1598/99	Ad-limina-Besuch in Rom und Ernennung zum bischöflichen Koadjutor;
1602	8. Dezember: Bischofsweihe in Thorens;
1604	5. März: Erste Begegnung mit Johanna Franziska von Chantal in Dijon;
1609	Sein Bestseller „Philothea“ oder „Anleitung zum frommen Leben“ erscheint in Lyon;
1610	6. Juni: Gründung der Heimsuchungsschwestern oder „Salesianerinnen“;
1616	31. Juli: Sein theologisches Hauptwerk „Theotimus“ oder „Abhandlung über die Gottesliebe“ erscheint in Lyon;
1622	28. Dezember: Tod in Lyon;
1661	28. Dezember: Seligsprechung;
1665	19. April: Heiligsprechung;
1877	19. Juli: Erhebung zum Kirchenlehrer;
1923	26. Januar: Bestimmung zum Patron der Schriftsteller und Journalisten durch Papst Pius XI.;

Ebenso: Patron der Gehörlosen und der Städte Genf, Annecy, Chambery.

Katharina Grabner-Hayden /
Herbert Winklehner
LÖSCHEN
Roman
160 Seiten, broschur
ISBN 978-3-7721-0273-8

Eine Frau und ein Priester begegnen einander am Grab der Heiligen Franz von Sales und Johanna Franziska von Chantal in Annecy. Aus dieser ersten Begegnung entsteht eine Beziehung, von der niemand der beiden weiß, wohin sie führen wird.
Leitwort dieses Romanes ist der Satz, den der heilige Franz von Sales am 1. November 1604 an Johanna Franziska von Chantal schrieb: *„Mein Wunsch, Sie zu lieben und von Ihnen geliebt zu werden, kennt kein geringeres Maß als die Ewigkeit.“*

www.franz-sales-verlag.de